W0334168

Oceani. 151

Dello stesso autore
presso La nave di Teseo

La conoscenza di sé
Una gratitudine senza debiti
La dieta sono io

Luca Doninelli
Tu credi che io dorma

Romanzo

La nave di Teseo

© 2021 La nave di Teseo editore, Milano
ISBN 978-88-346-0747-3
Prima edizione La nave di Teseo novembre 2021

Sommario

Tutto ha un senso, un significato e uno scopo. Non riesco a concepire la possibilità che su questa terra esistano persone inutili. Non esiste uomo, ne sono certo, che almeno una volta nella vita non abbia servito qualcuno. Ora, io dico: se ha servito anche soltanto quella volta, bene: è per quest'opera buona che la vita gli fu data. E se qualcuno in tutta la sua vita non ha offerto nemmeno un bicchier d'acqua, non c'è dubbio che prima o poi qualcuno l'avrà offerto a lui! In questo caso, che reputo molto raro, diremo che il senso e l'utilità di quella vita è tutta nel fatto che un altro ha potuto fare del bene grazie a lui.

Padre Afanasij

1. Vita straordinaria di Jeremy Spencer

Prologo

“Non si può falsificare tutto!”

A pronunciare queste parole fu una voce inattesa, non riconosciuta eppure familiare, che il piccolo Jeremy sentì da dietro la porta scorrevole di uno scompartimento di prima classe dell’espresso delle 14.08 in partenza da Venezia e diretto a Vienna. Poiché tuttavia era sicuro di avere sentito quella voce altre volte, pensò che quelle parole fossero rivolte a suo padre, che stava ancora caricando le valigie sul treno.

Cosa significa falsificare? si domandò.

Jeremy Spencer aveva otto anni e un fratello maggiore di tredici, Harry, che in quel momento se la godeva in Borgogna, presso la nonna paterna, Clementine Tournier. Suo padre, un uomo ancora giovane alto e bruno, era figlio di Clementine e di un ufficiale della marina inglese, aveva i capelli neri ondulati e indossava sempre camicie bianche.

“Chi ha parlato?” gli chiese vedendolo arrivare.

“Aspetta un momento, prendo l’ultima valigia e arrivo. Il treno sta per partire.”

L’uomo rivolse al bambino un sorriso d’intesa a causa del contenuto dell’ultima valigia, quella con tutti gli abiti che la mamma non avrebbe mai indossato ma dei quali pensava di avere un assoluto bisogno.

Mentre papà scendeva di nuovo dal treno Jeremy pensò alla mamma, che li attendeva a Vienna in casa della zia Phoebe.

Poco dopo il treno correva lungo la pianura veneta, costeggiando cascinali, incrociando filari di pioppi e gelsi e attraversando piccoli fiumi color blu intenso.

Jeremy studiava pianoforte e quando attraversava un paesaggio gli piaceva associarlo alle note di qualche musicista. Beethoven e le grandi montagne, Mozart e un bel fiume serpeggiante, Chopin e una notte di temporale. Jeremy osservava quel paesaggio ipnotico e pensò che doveva avere di certo anch’esso la sua musica, ma stranamente non riusciva a immaginarne una.

Ma intanto dov’era finito papà?

I genitori sconosciuti

Jeremy si distolse svogliatamente dal finestrino e andò in cerca di suo papà. Doveva trovarsi da qualche parte nella carrozza, magari aveva aiutato una bella signora a caricare il suo bagaglio e poi si era messo a chiacchierare con lei, com’era sua abitudine. Questo infastidiva sempre la mamma, che aveva senz’altro ragione, anche se lui – che era fiero della parte militare del suo sangue – non avrebbe mai fatto la spia.

Guardando dentro il primo scompartimento lo vide infatti di spalle, camicia bianca, i capelli neri lunghi e ondulati ma più spettinati. Pensò che quei capelli erano più lunghi di quanto ricordasse.

Aprì la porta dello scompartimento. Suo padre stava parlando con una signora giovane e graziosa, di cui però Jeremy non riusciva a distinguere bene i tratti del viso a causa dell'ampio cappello di paglia di lei, una pamela, e perché si chinava continuamente dalla parte del finestrino verso una culla tutta bianca dove, sotto una coltre che sembrava di bambagia, si intravedeva la cuffietta azzurra di un neonato che dormiva.

Spostandosi di pochi centimetri per vedere meglio la faccia della donna, il ragazzino fece una scoperta che lo turbò: perché, se la mamma si trovava a Vienna, in quel momento suo papà stava tenendo teneramente le mani della donna, che a sua volta le abbandonava nelle sue?

Ma il dolore e la delusione non fecero in tempo a sopraffarlo, perché c'era qualcosa di inconfondibile nelle mani di quella donna, qualcosa che Jeremy conosceva da sempre ma di cui non avrebbe saputo dire che cos'era.

Poi la donna, forse infastidita da quella figura che, in piedi in mezzo al corridoio, osservava tutta la scena muovendosi nella coda del suo occhio, volse finalmente lo sguardo nella sua direzione.

Era sua madre.

Ecco, dunque, perché lo avevano colpito quelle mani bianche e sottili, così docilmente affidate a quelle del marito. Erano le mani di sua madre, le stesse che lo avevano accarezzato, sostenuto nei primi passi, aiutato a vestirsi per la scuola, le stesse mani che gli avevano sempre preparato il caffelatte con le fette imburrate la mattina, e che si appoggiavano dolcemente sulla sua fronte quando aveva un po' di febbre.

In quell'istante anche suo papà si voltò. Sì, era proprio lui. Ma chi era quel bambino che dormiva nella culla?

I due lo guardarono, perplessi.

Jeremy aprì la porta scorrevole. Nello scompartimento c'erano soltanto loro.

Sua madre sorrise.

"Chi stai cercando, bambino? Possiamo aiutarti?"

Suo padre si rivolse a lei.

"C'è qualcosa che non va."

Poi lo guardò e gli rifece la domanda della madre: chi stai cercando?

"Ma... ma la mamma non era a Vienna? Non eri a Vienna?"

La donna sorrise.

"A Vienna? Perché? Di cosa stai parlando? Chi sei, bambino? Siediti qui."

"Sono Jeremy."

"Jeremy?"

I due continuavano a guardarlo, perplessi, e poi a guardarsi tra loro.

"C'è modo di farlo smettere di piangere?" disse l'uomo, con un sospiro.

La mamma si volse verso il piccolo e gli rimise il succhiotto in bocca. Il bambino fece una smorfia e si riaddormentò.

La campagna veneta scorreva sempre uguale oltre il finestrino, ma il treno stava rallentando.

"Tra poco siamo a Treviso," disse l'uomo, guardando teneramente la moglie, che era giovane e bella come una rosa.

Indossava una leggera maglia di lana celestina abbottonata sul davanti, e sotto la maglia una camicia di seta dal collo rotondo con le maniche di pizzo risvoltate sopra quelle della maglia.

Poi l'uomo si girò verso Jeremy, che fu però il primo a parlare.

"Perché hai detto che qualcosa non va?"

"Perché mi sembri smarrito."

"Ma papà..."

Jeremy avrebbe voluto dire mille cose, chiedergli perché fingeva di non riconoscerlo, perché la mamma si trovava sul treno con loro e non a Vienna, e soprattutto chi era quel bambino. Una cosa infatti era chiara: quello non era uno scherzo. Avrebbe potuto fare il nome della zia Phoebe così da dimostrare la sua appartenenza alla famiglia, ma subito rigettò questa idea, non si usavano trucchi con i propri genitori.

"Papà..." esplose alla fine, "io... io sono... Jeremy," e mentre lo diceva provava una profonda vergogna, avvertendo in quelle parole il segno di una brutalità subita, una violenza intollerabile e già tollerata.

L'uomo attese qualche istante, vedendo la confusione del bambino.

"Vuoi," disse con delicatezza, "che ti aiuti a trovare i tuoi genitori? Vuoi che parli col capotreno?"

L'uomo allungò la mano verso il bambino, amichevolmente. Jeremy però si ritrasse di scatto, come se avesse visto un serpente velenoso.

"Io... io... sono Jeremy, tuo figlio Jeremy!" gridò, fuggendo all'altro capo del vagone senza sapere bene perché.

I due coniugi si chiesero cosa avesse quel ragazzo e lei decise di andare ad aiutarlo, ma quando uscì sul corridoio non lo vide, né vide qualcuno che potesse darle qualche indicazione, compreso un ferroviere che, alla sua domanda, le rispose invitandola a mostrargli per cortesia il documento di viaggio, aggiungendo di non aver visto nessun bambino. Perciò decise di tornare al proprio posto, proponendosi di andarlo a cercare più tardi.

Un lutto

Nell'ultimo scompartimento sedevano uno di fronte all'altro due uomini anziani vestiti con l'abito scuro, scuri anche in faccia.

Uno era alto e magro e non si era tolto il cappello dalla testa, e siccome il treno spesso sobbalzava si portava di tanto in tanto la mano alla tesa per controllare che il cappello fosse ancora al suo posto. L'altro era piccolo e grassoccio, portava i baffi ed era quasi calvo. Teneva tutte e due le mani appoggiate al pomo d'argento di un grosso bastone da passeggio. Gli occhi dell'uomo magro erano grandi e bonari, mentre quelli dell'uomo con i baffi sembravano trattenere a forza una grande rabbia.

Nessuno dei due si accorse che un bambino era entrato nello scompartimento e si era seduto vicino a loro. Jeremy aveva bisogno, adesso, di stare a contatto con un essere umano. Non importava chi fosse, fosse anche un criminale, o un orco, ma non quei due impostori che tuttavia lo avevano messo al mondo e fatto finta di amarlo fino a mezz'ora prima, quei due che aveva visto nel primo scompartimento, e che adesso al solo pensiero gli mettevano un terrore come non l'aveva mai immaginato.

La vista di questi due signori vestiti di nero, così somiglianti all'illustrazione di qualche vecchio libro, gli diede un po' di conforto.

“Poveretto,” disse quello dalle gambe più lunghe con voce profonda e sommessa.

“Maledetto, vorrai dire,” digrignò l’altro con una vocetta resa più acuta dalla profonda indignazione.

Si sporse verso l’amico, appoggiandosi al bastone come a un davanzale di finestra.

“E adesso mi dici tu? Eh?”

“Adesso in qualche modo faremo.”

“Si può morire in modo così stupido? Voi fate come vi pare, io vado...”

L’altro sospirò.

“Si muore sempre in modo stupido, Gaston. Più o meno, naturalmente.”

L’uomo piccolo scosse la testa come per dire che lui certi discorsi non li voleva nemmeno sentire, e si rimise a sedere contro lo schienale.

“Ha aspettato tutta la vita per tirar fuori proprio all’ultimo la sua parte di imbecillità. Settantadue anni. Ne aveva di strada ancora...”

“Ne ha fatta tanta, Gaston. Adesso tocca...”

“Tocca a noi, tocca a noi, tocca a noi! E Gaston di qua e Gaston di là! Sono tre giorni che chiunque mi rivolga la parola non riesce a dirmi altro che questo! E intanto Jerry se n’è andato, ecco la novità!”

A quelle parole l’uomo alto e magro tolse dalla tasca dei pantaloni un fazzoletto e se lo passò sugli occhi. Stava piangendo. Accorgendosi che il bambino lo guardava smise di piangere e, tratto l’ultimo sospiro, gli rivolse la parola in modo cordiale.

“Stiamo andando al funerale di un nostro grande amico. La morte è una brutta cosa, sai?”

"Una volta ho visto un ragazzo morto," disse Jeremy. "Si era sentito male facendo il bagno. L'avevano messo su un tavolo in mezzo alla stanza e suo papà continuava a piangere."

"Pensa che combinazione," disse l'uomo dalle gambe lunghe. "Anche questo nostro amico è morto allo stesso modo. Ha voluto fare il bagno dopo un pranzo ufficiale, solo perché il mare si trovava subito dietro la vetrata del ristorante."

"Se si fosse seduto dalla parte del tavolo che dava le spalle al mare," interloquì l'uomo iroso, "non sarebbe successo niente!"

"È il destino, Gaston."

"Ah sì? Be', io odio il destino. Lo odio."

"Il suo intervento al convegno è stato il più applaudito," disse l'uomo alto al ragazzino per dimostrare chissà cosa.

"Fosse stato il più brutto!" replicò l'altro. "Jerry sarebbe stato di cattivo umore e non sarebbe andato a fare il bagno!"

"Come ti chiami?"

"Jeremy."

"Che combinazione."

"E due. Sai che bella combinazione," disse Gaston guardando dritto davanti a sé, "e non lo dico contro di te, bambino, tu sei grazioso e hai tutta la vita davanti a te. Ma tu lo sai," adesso si era di nuovo rivolto all'amico, "che io non credo alle combinazioni. Si chiama Jeremy, e allora?"

Il treno non si era fermato a Treviso, né a Pordenone, né da nessun'altra parte. A volte rallentava, poi riprendeva la sua corsa, e dietro il finestrino non c'era altro che campagna con fiumiciattoli blu, fossati verdi, pianticelle verdissime di mais, filari di pioppi e di gelsi, automobili in attesa dietro le sbarre dei rari passaggi a livello. Le cascine sfilavano lontane come parenti che salutano chi parte per un viaggio molto lungo.

I due individui vestiti a lutto continuarono il loro battibecco. L'indulgenza dell'uomo dalle gambe lunghe irritava senza rimedio il carattere bizzoso dell'amico. A quanto sembrava, l'individuo che era morto aveva avuto una parte non secondaria nello sviluppo della fisica molecolare, e le ricerche che stava conducendo l'avrebbero portato senz'altro alla soglia del premio Nobel. La divergenza di opinioni consisteva nel fatto che, mentre l'uomo alto era certo che qualche ricercatore capace avrebbe proseguito lungo la strada tracciata dal povero Jeremy, il piccolo baffuto era pessimista al riguardo.

"Ogni uomo è solo, mio caro," disse. "Si nasce da soli, si vive da soli e si muore da soli, e questo è tutto."

"Guai all'uomo solo! Ecclesiaste, quattro dieci."

"Hai detto bene: guai! Perciò guai a tutti gli uomini. Io la penso così."

La morte dell'amico lo terrorizzava. Capiva che prima o poi sarebbe toccato a lui e si sentiva come un topo in trappola. Il bastone dal pomo d'argento su cui si appoggiava era il solo punto fermo offerto al suo corpo fremente di tutto (sdegno, paura, tristezza) affinché evitasse di disintegrarsi in un istante.

Come per una trafittura il piccolo, ormai trascurato da una conversazione che diventava sempre più drammatica, fu costretto a riportare la sua mente a quanto era accaduto all'altro capo della carrozza.

Suo padre e sua madre non lo riconoscevano più!

Che fosse capitato loro un malanno? Forse un gas entrato dal finestrino aveva cancellato la loro memoria? No, non andava. Questa ipotesi poteva spiegare la loro tenerezza verso quel bambino sconosciuto, ma non spiegava la ragione per cui la mamma si trovava sul loro stesso treno, visto che lui e papà avevano preso il treno proprio per raggiungerla a Vienna, dove si trovava da un paio di settimane.

In piedi nel corridoio, Jeremy guardava i due amici litigare a proposito di un morto e delle cose importantissime sulle quali la morte obbliga a riflettere, ma sulle quali lui non aveva nessuna voglia di riflettere.

La morte? Pfui. Nulla è meno interessante della morte.

Intanto però il bambino non poteva smettere di pensare alla propria situazione, e non gli ci volle molto tempo per rendersi conto che la sua vita si trovava a un bivio, o impazzire o cercare di distrarsi. In questo caso poi non si trattava di vera distrazione, ma del bisogno di prender tempo, di lasciarlo scorrere un po'. Ricordò un vecchio proverbio, il tempo è galantuomo, e pur essendo un bambino capì perfettamente che non gli era rimasto nient'altro su cui contare.

Un amore romantico

Attratto da due ragazze molto graziose e ben vestite che si trovavano sedute una in faccia all'altra, al finestrino, nel terzo scompartimento, Jeremy entrò domandando permesso. Le due ragazze, sui venti, venticinque anni, se ne stavano piegate in avanti, appoggiando i gomiti ai rispettivi tavolinetti, in modo che le teste fossero il più possibile vicine, e a bassa voce si scambiavano importanti confidenze.

Quella che viaggiava nella direzione del treno era biondo-rossiccia e doveva essere molto alta; il suo volto dai tratti regolari appariva tutto teso (e così doveva essere anche per gli occhi, che però Jeremy non riusciva a vedere) verso gli occhi e la bocca della sua compagna di viaggio, una deliziosa ragazza bruna dalla voce bassa e dai grandi occhi color verde scuro, che viceversa sembravano rivolti, come tutto il resto del volto, verso qualcosa di lontano e molto bello.

La ragazza bruna parlava e la sua amica ascoltava. Quando Jeremy entrò, la conversazione toccava una signora viennese sui cinquant'anni, nella cui bellissima casa la bruna era stata ospitata per sei mesi come ragazza alla pari. Stando alle sue parole, non si era mai vista al mondo una donna così gentile e premurosa.

"Kathy, hai dormito bene? Kathy, vuoi un'altra coperta? Kathy, sei stanca? Kathy, hai mangiato a sufficienza?"

Ah, queste belle signore un po' all'antica, sempre così piene di attenzioni! E bisognava sentire come suonava il pianoforte. A volte Kathy la ascoltava dalla propria stanza mentre, seduta al piano a coda sistemato su una pedana al centro della parte verandata del salone, provava una valse di Schubert o un prélude di Chopin. Ma come lei, attratta dalla curiosità, si avvicinava, la signora immediatamente smetteva, richiudendo lo strumento così in fretta da far rimbombare il suo ventre nero per minuti.

Le due ragazze risero all'unisono, cominciando e finendo nello stesso istante.

"Sono solo sciocchezze, mi vergogno molto," diceva la signora, arrossendo tutta.

Finché, come in un romanzo francese, non giunsero in visita i due nipoti della signora. Di nazionalità inglese, erano cresciuti in Italia e ora vivevano un po' negli Stati Uniti e un po' a Londra, anche se le vacanze restavano francesi ma soprattutto italiane.

"Bene," aveva detto la signora, "cara Kathy, le presento i miei due nipoti." La donna, che si era molto affezionata alla ragazza, nutriva il desiderio (di cui la ragazza si sarebbe accorta solo più tardi) di darla in moglie al maggiore dei due, un bellissimo ragazzo alto e bruno dal fisico atletico, che stava per completare i propri studi e aveva tutto per essere felice se non che la sua fidanzata, Martina M., alcuni mesi addietro l'aveva lasciato per fidanzarsi con un medico che passava la maggior parte dell'anno nell'Africa subsahariana. In quell'occasione, raccontava la signora, Martina aveva dato prova di quanta generosità ma anche di quanta leggerezza sia capace una ragazza che abbia ricevuto un'educazione insufficiente, e Martina doveva essere proprio una di queste ragazze, se si pensa che sua madre lavorava in una farmacia e suo padre scriveva poesie e riceveva persone – soprattutto giovani – fino a notte fonda.

"Ti pare che una ragazza possa crescere bene in un ambiente come quello?"

La signora avrebbe potuto fare la concertista, dichiarò Kathy, e se non intraprese quella carriera fu soltanto perché conosceva gli ambienti frequentati dagli artisti (o sedicenti tali) e non intendeva fare quella vita, tra amori improvvisati, scene di gelosia, abbandoni e altre cose simili. E alcol, naturalmente, per non parlare di quegli artisti che si erano rovinati con l'uso delle droghe.

Raccontando queste cose Kathy aggrottava la fronte imitando la voce della signora, e rideva nel descrivere questa buffa donna molto all'antica, che a Jeremy ricordò quasi subito la zia Phoebe, la sorella della mamma dove era diretto, sempre che fosse ancora diretto da qualche parte – ma di nuovo fu costretto a cacciar via un fantasma troppo spaventoso per essere pensato davvero.

Tutto si aggiusterà, tutto si aggiusterà, si affrettò a ripetere, senza chiedersi da dove gli potesse mai nascere un'idea come questa.

Certo, zia Phoebe era più giovane e probabilmente anche più graziosa della signora descritta dalle due ragazze, però in alcuni punti le descrizioni combaciavano. Anche in casa della zia c'era, ad esempio, un pianoforte, che la zia si dilettava a suonare ma per il quale, come diceva lei stessa, a differenza dell'altra non possedeva nessun talento. Papà (maledetto lui) diceva, ridendo, che la sua esecuzione della *Moonlight Sonata* ricordava – "al massimo" – una marcia militare.

In compenso, zia Phoebe cantava meravigliosamente. "Oh, la prego, mi suoni qualcosa lei," diceva sempre al dottor Zinnemann quando era ospite a casa sua, "io l'accompagnerò con il canto."

A questa battuta tutti cercavano di non ridere, anche perché zia Phoebe era completamente sprovvista di senso dell'umorismo e in più era piuttosto permalosa.

Però non appena le mani da orso del dottore toccavano la tastiera con tanta incomprensibile delicatezza e da quelle dita sorgevano le note struggenti di qualche lied, ecco la voce di un angelo cancellare all'improvviso quella vocetta sempre scontenta capace di impoverire perfino la bellezza e l'ordine delle stanze di quella casa.

Tutto questo non aveva certo nulla a che fare con la meravigliosa signora viennese di cui parlava la bella ragazza dagli occhi verdi. Jeremy non aveva mai pensato alle ragazze fino a quel momento, non si era chiesto "è bella o no?", ma c'era in questa Kathy una tale dolcezza che non avrebbe mai smesso di guardarla.

Kathy spiegava adesso all'amica che la signora aveva un amante. Erano amici da così tanti anni che nessuno immaginava che un giorno sarebbe scoccato l'amore. Lui era un uomo robusto col fisico da bavarese e il pizzetto sul mento, e le portava torte e fiori. Era un uomo simpatico, cultore della buona tavola. La signorina non si era mai voluta sposare: "Sono sempre stata di gusti difficili," ammetteva, "e anche questo qui da principio non è che mi piacesse, ma poi."

Ma la rivelazione del segreto, quel segreto che avvicinava sempre di più le due teste, non era ancora giunta. L'amica biondo-rossiccia era impaziente di ascoltarlo, ma più era impaziente e più desiderava rinviare la rivelazione, e voleva conoscere tutti i particolari della storia, senza che ne fosse lasciato fuori uno soltanto: questo era l'unico modo, disse, per poter gustare pienamente quel segreto. Perciò Kathy doveva dirle tutto della signora, tutto della sua casa, dei mobili e dei soprammobili, delle poltroncine imbottite, del tavolo di cucina con le sedie laccate e di quello della sala con le sedie thonet, dei barattoli per il sale e per il pepe e di quelli per lo zucchero, per la pasta e ancora del cassettino fiorentino delle spezie con le parole magiche scritte sopra i vari scomparti (moscada, garofano, adonis, cassia, pepe, coriandolo) e dei profumi che si sprigionavano da quell'antro magico grazie alla cuoca/maga Egle, capace di darti un ceffone se solo ti azzardavi a rubarle una zolletta di zucchero ma capace anche di alzarsi dieci volte per notte per portarti la camomilla, le gocce per il naso o lo sciroppo per la tosse. E poi il tavolino di cristallo in sala, dominato dal maestoso vaso di Boemia sempre pieno di grandi fiori come gli iris, le sterlizie, i lilium e tanti altri: ma mai, mai rose. La signora per la verità avrebbe amato le rose gialle o bianche, ma poiché le rosse le avevano fatto tanti anni prima uno sgarbo insopportabile, ecco che da casa sua erano state bandite, per colpa delle rosse, tutte le rose: per sempre.

Alessia, la biondo-rossiccia dal viso angelico, ardeva dal desiderio di conoscere la fine della storia, ma più desiderava correre verso questa fine, più le piaceva rallentare, soffermarsi, osservare.

Intanto, oltre il finestrino, il paesaggio procedeva uguale a sempre. A Jerry sembrava che fosse passato tanto tempo dalla partenza, eppure non solo non si era visto finora nessun centro abitato, ma anche l'ora del giorno pareva la stessa di Venezia.

Venne così il momento della rivelazione. Kathy confessò, come se lei stessa lo avesse saputo solo da pochi istanti, che più il maggiore dei due nipoti della signora la corteggiava, e più lei s'invaghiva del minore. Alto anche lui, e bello, ma certo meno bello del fratello, questo giovanetto, da lei ribattezzato Spitzi, se ne andava sempre da solo, con passo dinoccolato, a passeggio per Vienna, e poteva passeggiare per una giornata intera al seguito dei propri pensieri, senza curarsi di mangiare o di bere.

Mentre Mr Martingale (come chiamava il fratello maggiore a causa di quello che il giovanotto considerava il suo abito più elegante) vantava i propri meriti scolastici e sportivi, la bellezza dei propri componimenti in lingua inglese – il tutto schermendosi, e protestando la propria goffaggine e tante altre cose per sembrare simpatico e intelligente –, il fratello sedeva con una faccia che manifestava il più completo disinteresse per tutto ciò che esisteva in quella stanza, compresa la zia e compresa lei stessa.

Spitzi le appariva irraggiungibile, e di sicuro, così disse, "ingenua come sono avrei finito per lasciar perdere tutto," qui la fronte di Alessia si corrugò fingendo apprensione, "se lui stesso non mi avesse dato un segnale proprio questa mattina, mentre uscivo".

"Che segnale? Dimmelo, ti prego!" gridò quasi la romantica Alessia.

"Ecco, aspetta..."

Volgendosi verso la giacca, appesa dietro di lei, la bella ragazza bruna tolse dalla tasca destra un foglio di bloc-notes a quadretti piegato in quattro e senza aprirlo lo mostrò all'amica.

"Me l'ha dato di nascosto mentre uscivo. Mentre sua zia diceva saluta Kathy lui senza salutare mi è passato vicino e facendo finta di niente me l'ha messo in tasca."

"E cosa c'è scritto?"

Kathy le indirizzò uno sguardo pieno di paura e di pudore ma anche, chissà come, di vera sfrontatezza.

"Oddio, Alessia," disse. "Ho così tanta paura che non ho avuto il coraggio di leggerlo..."

"Non l'hai letto?"

"Volevo avere qualcuno vicino."

Alessia la guardò negli occhi, e sembrava leggermente spazientita; forse voleva dirle qualcosa ma poi non disse niente. Tornò a sorridere. Sentiva che era suo compito non dissolvere l'incantesimo.

"Allora su, apriamolo insieme."

"Sì, ma proprio insieme."

"Ho detto insieme."

"Un lembo per una."

"Ok."

“No no no, Elli, ti prego, leggilo tu, ti prego ti prego ti prego...”

Alessia prese il biglietto e lo svolse. Poi sollevò la testa e finalmente si aprì in un sorriso di felicità.

“Kathy! È bellissimo!”

Lo mostrò aperto all’amica. C’era scritto: “Buon viaggio Cat.”

Kathy fece una smorfia, tenendo in sospeso qualsiasi espressione, trattenendo negli occhi il pianto e la felicità.

“Buon viaggio. E nient’altro?”

“Ma Cat! Non capisci?”

“Cosa dovrei capire?”

“Questa è una dichiarazione d’amore.”

“Tu lo pensi?”

“Mai stata così sicura. Cat. Lo tieni in pugno.”

“Ma lui non mi parlava mai.”

“E tu parlavi solo con suo fratello. Fidati di me, che me ne intendo. Cat, questo sognatore è già il tuo ragazzo.”

“Spitzi?”

“Il tuo Spitzi, mia cara. Il tuo Spitzi. È fatta.”

Le parole di Alessia generarono nell’amica quello che dovevano generare, non certo un’esplosione di gioia ma piuttosto uno stato di quieta perplessità, di accettazione aggraziata di un destino che a lei appariva ancora oscuro.

Curiosamente, Jeremy immaginò tutta questa scena ambientata a Vienna: cosa impossibile, dato che il treno era diretto proprio lì. Del resto, Venezia, pensò, in questo periodo dell’anno è piena di turisti stranieri.

Proprio allora nello scompartimento a fianco un'esplosione di grida e di parole ammucchiate a voce alta da almeno quattro o cinque persone attirò l'attenzione di Jeremy, mentre le due ragazze avevano ripreso a chiacchierare, agitando il biglietto e ricamando su una storia che non poteva più essere raccontata da una persona sola. Il principio di indeterminazione vale anche per i nostri racconti, per questo le nostre parole non corrono in accordo con il cuore ma un po' lo seguono a distanza e un po' lo precedono, spesso traendolo in inganno. Il cuore stesso, diventando parola, diventa qualcos'altro da sé: la bella ragazza dagli occhi verdi (senza nulla sapere del dottor Heisenberg) lo stava imparando proprio adesso.

Intanto nell'altro scompartimento l'allegra concitazione non si era esaurita, e Jeremy, che se ne stava in un cantuccio a una poltrona di distanza dalle due ragazze fingendo di pensare ai fatti suoi, nonostante l'insolita attrazione che quella ragazza dagli occhi verdi esercitava su di lui, non resistette alla tentazione di andare a vedere cos'era successo.

Era successo che un gruppo di quattro giovanotti sui venticinque, trent'anni era stato raggiunto in quel momento da un quinto, loro coetaneo, che stava facendosi una passeggiata lungo il treno perché non sopportava di stare seduto a lungo. L'esplosione di gioia degli altri alla sua vista si era fatta sentire per tutta la carrozza.

La ragione di tanta felicità è che quei quattro ragazzi non si aspettavano di rivedere vivo il loro amico, e men che meno di rivederlo proprio su quel treno.

Ma allora è proprio vero che Dio esiste, aveva detto uno. Non a Dio, si sovrapponeva un altro, ma alla buona fortuna dobbiamo brindare. Alle coincidenze. Peccato, aveva detto un terzo, che manchino i bicchieri, mentre una bottiglia di liquore era uscita magicamente da una vecchia borsa di cuoio.

Era seguita una discussione sulle coincidenze e sui bicchieri, ed era a questo punto che Jeremy aveva fatto il suo ingresso nello scompartimento, andando a occupare l'unico posto libero, accanto alla porta. Senza bicchieri i casi sono due, disse uno dei presenti: o uno tiene la bottiglia e ne versa un po' nelle mani di ciascuno (e qui un coro di naaaahh si alzò dagli altri quattro) oppure ci passiamo la bottiglia e ne beviamo un sorso a testa.

"Questo va molto meglio," commentò uno.

"Sì, però si pone un problema," disse quello con la bottiglia. "Il brindisi deve essere sincronico: tutti bevono nello stesso istante dopo aver fatto cin cin. In questo modo, viceversa, saremo costretti a bere uno dietro l'altro."

"Diacronia o sincronia? Chiederemo al fedifrago," disse uno.

"Non è un fedifrago," lo corresse un altro. "È solo un sognatore. La fedifraga è lei. E della specie peggiore."

La nuova discussione che ne uscì, e che sorprese molto Jeremy, era in realtà una tipica discussione tra maschi giovani, dove il maggior piacere consiste nell'elaborare teorie e storie dal finale catastrofico, e questo a prescindere dall'occasione che l'ha generata.

La teoria che si andò costruendo lentamente ma senza troppi dubbi fu la seguente: il tradimento è più doloroso se lei ti tradisce per amore. Un conto è se lei lo fa perché quell'altro è più prestante di te (Jeremy non comprese questa espressione), un conto se si è innamorata pazza di lui. Questo sì che è irrimediabile, non solo ma prelude a una rovina completa, dalla quale non si salverà nessuno.

Il tradito procederà in direzione di un suicidio se non fisico almeno morale ed esistenziale, rassegnandosi alla solita mogliettina, a due figlioletti che saranno la sua malinconica consolazione, e a una paga sicura e regolare. Porterà i baffi per nascondere un inguaribile tremore del labbro di sopra dovuto a una sotterranea voglia di piangere e alla fine si rasserenerà dimenticandosi della sola donna amata e dimenticandosi anche di se stesso. Accetterà, dapprima tristemente e poi con crescente indifferenza, la propria condizione di estraneo accanto ad altri estranei (moglie e figli), e quando morirà sarà pieno di rimpianti e perciò la sua morte sarà esecrabile, perché nulla è più privo di dignità di un uomo sopraffatto dai rimpianti.

E la donna?

La donna si sveglierà dal proprio sogno quando sarà troppo tardi. La testardaggine di una donna prigioniera di una passione d'amore è proverbiale. Non capisce nient'altro, non vede nient'altro, diventa una perfetta imbecille per tutto ciò che non riguarda il proprio amore, mentre per quanto riguarda l'amore si considera una specie di genio mentre non lo è affatto. Ma all'apparir del vero tu, misera, cadesti: l'infelice si accorgerà che la divina indifferenza di quell'uomo di fronte a tutte le cose, che era stata la causa del suo amore pazzo, era sì indifferenza ma assai poco divina, e riguardava anche lei, che aveva sacrificato tutto (compresa la stima di certi amici) su questo altare e che adesso si trova sola, e siccome da soli non si riesce a combinare molto, va a finire che questa donna abbraccerà ciò che da tempo il mondo pensava di lei, trasformandosi in una donna dalla moralità incerta. Si concederà al primo venuto, e poi a un altro, e così via, gli uomini saranno come tanti sassolini lungo una via che lei non riuscirà comunque a ritrovare, e così passerà il resto della notte piangendo ma non su se stessa: piangerà guardando alla tv vecchi film sentimentali, e quando morirà penserà di avere in qualche modo conservato dentro di sé il proprio Grande Amore, in breve gettando via il proprio corpo per mantenere pura l'anima. È probabile che da vecchia si rimetterà a frequentare la chiesa.

Molte risate soddisfatte seguirono la creazione collettiva di questa biografia.

E il terzo? La causa di tutto? Finirà male anche per lui, naturalmente. Mentre tutte le tragedie sopra elencate scivoleranno al suo fianco senza suscitare in lui la minima curiosità, quest'uomo occupato soltanto dal sogno della gloria scoprirà di avere percorso non una lunga strada ma una strada piuttosto corta, che tutti i suoi studi non avevano fatto che confermare le scoperte di altri, e che tutte le sue parole erano parole già pronunciate da altri. Scoprirà che per coltivare ambizioni come le sue era necessario essere dotati di un'originalità che lui, viceversa, non aveva, e a quel punto scoprirà, per soprammercato come dicevano i vecchi, di essere troppo vigliacco per suicidarsi, e poiché è anche troppo stupido per scorgere nella propria viltà qualcosa di positivo, si trasformerà in un uomo molto cattivo e acido, e nel caso insegni in qualche università (molti falliti finiscono per fare questo mestiere) farà pagare la sua scontentezza ai poveri studenti, che spenderanno soldi e tempo per assistere alle sue modeste lezioni piene di sfoghi incomprensibili e sostenere con lui esami umilianti.

Ma la causa di tutto questo parlare qual era? Jeremy la comprese a poco a poco. Il quinto ospite dello scompartimento, che aveva fatto la sua comparsa pochi minuti prima che lui stesso abbandonasse la compagnia delle due belle ragazze romantiche, aveva suscitato la felice sorpresa di tutti per una ragione molto semplice: che gli altri quattro lo credevano morto in guerra. Invece non solo non era morto, ma anche l'altro amico, che era partito con lui, e che anzi l'aveva persuaso a partire, era a sua volta vivo e vegeto.

Ma la morte l'avevano vista in faccia, altroché. E non una sola volta. Volarono nomi di luoghi esotici, Chiva, Bukhara. Per quelli lì tu sei solo un ostacolo sulla via del paradiso. Nemmeno capiscono il senso della parola pietà. La pietà è al massimo quella cosa che Dio proverà nei nostri riguardi se per caso non riusciremo a uccidere un numero sufficiente di persone. Dio, ti prego, ne ho ammazzati solo mille, perdonami.

La battuta ovviamente non fece ridere nessuno tranne Jeremy, che dovette mettersi una mano sulla bocca per non fare brutta figura.

I discorsi si concentrarono, da quel momento, sull'amico assente: si trovava su un'altra carrozza, e in quel momento stava dormendo profondamente, per questo non era lì con loro.

Dunque, pensò Jeremy (del quale nessuno dei presenti sembrava essersi accorto), visto che ogni scompartimento ha sei posti, io mi trovo al suo posto...

Questo ragazzo, chiamato "Il Capitano", che ora dormiva come un bambino, dopo aver convinto il suo più caro amico a partire volontario per salvare la libertà del mondo sempre più minacciata da uomini dagli occhi sottili e dal pensiero straniero, durante un'azione di guerra, sotto il fuoco nemico (ma anche quello amico non scherzava), gli aveva rivelato la sua vera intenzione, che era quella di morire ucciso.

Tutti i discorsi campati per aria che avevano dominato la fase precedente della conversazione, e che a Jeremy parevano simili a tanti altri già sentiti dalla bocca di ragazzi più grandi di lui, adesso cominciavano ad acquistare un senso. Il tradito, di cui si era discusso, era il loro amico addormentato, che aveva scelto la guerra in Medio Oriente per togliersi dalla mente nel modo più violento possibile, cioè con la morte, il tradimento – o quello che lui chiamava con questo nome – della sua amata. Jeremy, ascoltando il racconto dell'amico resuscitato, non riusciva a comprendere perché quel pazzo intendesse farsi uccidere per un tradimento che a suo parere non c'era mai stato: semplicemente, la sua ragazza si era innamorata di un altro, non erano mica sposati. Ma i presenti dovevano pensarla in un altro modo, visto che continuavano a chiamare la ragazza con nomi poco onorevoli e "vile traditore" l'altro personaggio, di cui qualcuno per onestà ammetteva anche i pregi, ma solo quelli relativi alla sua professione di studioso giunto in età giovanissima alla docenza universitaria.

Per fortuna il caso non aveva permesso al disegno folle del dormiente di prendere corpo. Le pallottole si erano ostinate a mancarlo, le mine anticarro si trovavano sempre da qualche altra parte e anche il fuoco amico, gestito da soldati preparatissimi e dalla mira infallibile, l'aveva sempre scansato come si scansa un malato contagioso.

La ragione per cui tutti, da noi, avevano creduto morti i due amici è che dopo la guerra, avendo guadagnato sotto le armi un bel po' di denaro, anziché tornarsene subito a casa avevano deciso di compiere un lungo viaggio nei luoghi più belli del mondo, soggiornando in alberghi lussuosi, mangiando delizie di ogni genere, comprese le cavallette fritte, dedicandosi al massaggio orientale, ai bagni nell'oceano e all'amore indiscriminato (anche qui, Jeremy non riuscì a comprendere bene).

Fu così che, al culmine dei festeggiamenti e visto che nella borsa di cuoio continuava a esserci la famosa bottiglia di liquore, il gruppo decise di festeggiare nel modo scartato in precedenza: ciascuno unì le mani a conca e il liquido ambrato scese gocciolando un po' anche sul pavimento.

Quello con la bottiglia si rivolse a Jeremy.

"Tu sei ancora piccolo, ma tra qualche anno facci un fischio, ce ne sarà un goccio anche per te."

Uno che non aveva ancora ricevuto il liquido santificante prese dallo zaino un'elegante confezione di biscotti con la crema al cioccolato e ne offrì a Jeremy, che accettò molto volentieri.

"Al migliore dei modi, dunque!" disse quello con la bottiglia, mentre se la portava alla bocca.

"Al migliore dei modi!" ripeterono tutti.

"E al migliore dei mondi!" disse uno dopo la prima sorsata.

"Sì, al migliore dei mondi!" disse un altro. E il liquore tornò a scendere nelle mani assetate.

Prime riflessioni

In piedi nel corridoio, dopo qualche tempo Jeremy guardava lo scenario a suo modo splendido di un paesaggio senza cambiamenti, composto solo di campi ben coltivati, di rari cascinali, di rogge e fiumiciattoli, filari di pioppi e di gelsi. Di tanto in tanto – ma anche questa era una regolarità – una macchia vegetale dal verde più intenso interrompeva quel tenue spettacolo, rivelando il tetto o parte della facciata di una villa padronale, con un vialetto che la raggiungeva staccandosi dalla via principale e fermandosi contro una cancellata.

Era questo il mondo?

Ripensando alle storie ascoltate, così diverse tra loro, Jeremy non riusciva a staccarsi dalla testa l'idea che qualcosa le congiungesse, ma cosa? Tutte e tre si svolgevano presso membri dell'alta società, e questo era già un legame. Del resto, anche la sua famiglia era ricca e quella su cui stava viaggiando era una carrozza di prima classe con le poltroncine di velluto.

Ma c'era qualcos'altro: gli sembrava in qualche modo di non essere stato lo spettatore casuale di tutti quei racconti, che cioè ci fosse qualcosa dentro quelle storie (magari nascosto, magari non detto esplicitamente) che riguardava proprio lui, la sua persona. Ma cosa?

Voglio tornare a parlare con mio papà e mia mamma, pensò. Adesso lo scherzo sarà finito, saprò chi è quel bambino e non avrò più niente di cui preoccuparmi.

Invece le preoccupazioni non erano finite perché, giunto al primo scompartimento, lo trovò vuoto, e dato che nel frattempo il treno non aveva effettuato nessuna fermata, Jeremy concluse che, mentre lui ascoltava tutte quelle storie, il trio doveva essersi spostato da qualche altra parte.

Permaneva in quello spazio il profumo che la mamma indossava al momento del loro infelice incontro, il suo profumo di sempre, quello che lei si metteva tutte le volte che stava per uscire di casa e che lui andava sempre di nascosto ad annusare, aprendo la boccetta magica e subito richiudendola e scappando via, come il cucciolo di leone o di cervo o di cinghiale quando annusa l'odore della sua mamma e lei s'infastidisce a causa dell'irritazione cutanea prodotta, la cosa è inevitabile, dalla maternità.

2. Turbamenti di un editore a Manhattan

Un brusco risveglio

Nella grigia brumosa mattina newyorkese di metà autunno, vista dal trentesimo piano Manhattan appariva come disposta su diversi piani bidimensionali. I palazzi sembravano dipinti su tante immobili tele trasparenti poste una dietro l'altra, e anche i rari alberi che si potevano vedere sporgendosi dalla finestra avevano perso il loro colore abituale uniformandosi alla bella tinta che dominava tutto il paesaggio.

Al piano di sopra l'attore aveva spalancato la finestra e adesso, come quasi tutti i giorni, cantava.

I love NY in the winter
I love NY in the spring
I love NY in the summer
I love NY in the fall

L'appartamento di Joshua Weisenberg portava i segni della baldoria della sera prima, l'acquaio stipato di piatti, i posacenere pieni, molte bottiglie vuote sul parquet e i segni delle chiappe dei prestigiosi ospiti ancora ben visibili e riconoscibili sui vecchi divani di pelle.

In quel momento, alle sette e dodici di quella mattina di fine ottobre annoiata canora annunciatrice di una giornata lavorativa come tante altre, Joshua Weisenberg dormiva nudo nel suo letto. Al suo fianco dormiva, non meno nuda di lui, Pamela Levi Voegel, la bella moglie del migliore amico e principale collaboratore di Joshua, Bruno Voegel, tanto atletico, bello, biondo e ariano quanto lui era basso, grassoccio, mezzo calvo e con una pancia pronunciata quasi quanto il suo naso. Ciò nonostante, Pamela aveva un debole per le notti che andava a trascorrere da lui, adducendo col marito il pretesto di una trasferta nell'Ovest (cosa che le toccava spesso, in effetti, ma non così spesso). Bruno era talmente certo del proprio fascino, che esercitava abbondantemente anche sulle ragazze che popolavano lo studio editoriale Weisenberg & Voegel, la leggendaria W&V, da ritenersi fuori da ogni pericolo di tradimento. Questa, almeno, era la certezza che consentiva a Pamela di entrare con disinvoltura nel letto di Joshua. E se è vero che la maggior parte delle serate tra amici in casa Weisenberg vedeva la presenza di Bruno, si poteva sempre contare sulla serata successiva. Ogni sera a NY c'era almeno una dozzina di party dove bisognava presentarsi muniti di biglietto d'invito.

Ma alle sette e quindici il telefono si mise a suonare.

"E tu smettila," grugnì rivolto un po' all'oggetto che suonava e un po' all'attore (che fosse lui l'oggetto?) che intendeva cantare la sua canzone fino in fondo.

Josh smanacciò casualmente sul comodino in cerca della sveglia, premette il pulsante ma il suono non si interruppe, poi realizzò che nessuna sveglia aveva la suoneria con la prima *Gymnopédie* di Erik Satie e che Satie e Cole Porter non avevano mai lavorato in coppia, così decise di svegliarsi completamente. Si stropicciò gli occhi e afferrò il telefono.

"Sentiamo," disse (era la sua risposta-tipo, elaborata con cura per intimidire gli interlocutori).

"Josh, ascolta questa."

"Ah."

Nel frattempo Pamela aveva sollevato la testa dal cuscino e stava cercando di riaprire gli occhi. Josh le rivolse un'occhiata perentoria indicandole il telefono.

"Come va, Bruno? Passato una buona notte? Come sta Pamela?"

Pamela mosse le labbra sillabando la parola cretino.

"Non ho passato nessuna notte. Hai letto per caso il dattiloscritto di quella ragazza italiana... sai, quello che ti ho dato una settimana fa..."

"No, non precisamente. Oggi gli do un'occhiata. Perché, scusa?"

"Sono stato tutta la notte a rileggerlo. È molto interessante. Certo, c'è tanta Europa, tra Dürrenmatt, Calvino e Buñuel. E poi Borges..."

"Borges non è europeo."

"È inglese."

"Ok, inglese."

"Ma è anche un romanzo fresco, arioso, pieno di artifici e insieme spontaneo – e poi, scusa, i lettori mica li conoscono più, quelli."

Fece una pausa piena di significato.

"Glieli abbiamo cancellati dalla testa, Josh. Ci è bastata una decina d'anni."

"Bel lavoro, eh?"

Josh faceva una certa fatica a realizzare la situazione, anche perché Pam, oltre a essere il suo avvocato personale, era anche una donna capace di stancare terribilmente un uomo durante la notte, e a sessantatré anni il peso delle belle abitudini cominciava a farsi sentire.

Ci fu una pausa di silenzio.

"Josh, sei ancora lì?"

"Stavo riflettendo, Bruno. Tu corri un po', non ti sembra?"

Bruno attese il seguito del discorso. Gli sembrava che il suo amico cercasse soprattutto di prendere tempo.

"Hai l'aria di uno che ha scopato fino a mezz'ora fa e poi si è addormentato come un sasso. Vero, Josh? Il fiato ti tradisce. Ti sarai divertito, spero."

"Piantala. Stavo pensando, sul serio. Hai detto italiana?"

"Nata e cresciuta nei sobborghi di Milano. Un paese di nome Boh."

"Ah Boh! Bel posto."

Si sentì un frusciare rapido di pagine.

"Ecco qua. Cormano."

"Cormano? Ah, Cormano!"

"Perché, lo conosci?"

"Mai sentito nominare."

"Josh, sei vecchio. Devi leggere quel dattiloscritto. La ragazza vive da qualche anno qui nel New Jersey. Dobbiamo chiamarla e farla venire in studio."

"Ma di che parla?"

"Di un viaggio in treno. Un viaggio che si svolge tutto nell'hinterland di Milano, in questo paesaggio dove si mescola tutto: vedi un paesino col campanile, poi un quartiere moderno poi dei capannoni poi un campo coltivato a mais poi ancora una villa padronale e ancora mais, campanili..."

"Ho il quadro."

"C'è molta tensione. Tutto cambia e tutto resta uguale, alla fine è tutta pianura e sono tutte fabbriche, campanili, mais, showroom, chiesette e ancora campi. Perché è l'universo che è così."

"Sono molto turbato."

"Lo spazio risucchia il tempo, uno diventa l'immagine speculare dell'altro. Un ragazzino prende un treno per una delle tante tratte suburbane, e lì dentro il tempo smette di correre e si distribuisce su strati simultanei. Tutto il tempo è presente, simultaneamente."

"No comment."

"Il ragazzo incontra il suo passato prenatale, il nonno che non ha mai conosciuto, la donna che sposerà, e scopre di essere già morto. Tutta la sua vita viaggia contemporaneamente su quel treno."

"Ok, ok, ok. Per farla breve, un altro viaggio nella vita. Tutti a viaggiare nella vita. Ma diosanto, non ci va più nessuno alle cascate del Niagara?"

"Da principio c'è un amico con lui, tutti e due vestiti da rapper. Ma non appena il treno parte l'amico sparisce..."

"Ci siamo. Freud. La futura lady com'è, è carina?"

Sei un vero cretino, dissero le labbra di Pamela, che sentiva le parole del marito.

"Mai vista. Credi a me. È una bella storia di formazione. Sono quelle in cui è più difficile mentire."

"Vedo che cerchi ancora la verità, Voegel. Hai delle ambizioni, mi piaci. Ti assumo in prova, contento? Ma pressappoco quando è ambientato? Ai giorni nostri?"

"È un romanzo storico in stile Vecchia Europa. Racconta fatti accaduti qualche anno prima."

"Vecchia Europa..."

Nella bava di voce che seguitò oltre la fine della parola, Bruno avvertì l'improvvisa malinconia dell'amico. L'Europa era per Josh una ferita che non si sarebbe rimarginata mai più.

Il romanzo che quella notte Voegel aveva riletto e annotato iniziava con una stazione con un nome qualsiasi, un gruppetto rumoroso di ragazzini, tutti maschi, tutti con lo zaino, sui quattordici, quindici anni, e un treno che curvava lentamente inclinandosi prima di entrare in stazione. I ragazzi ridevano, si scambiavano manate, saluti, informazioni sui compiti a casa e commenti su qualche ragazza o su qualche nuova coppia nata fra i banchi, mentre il treno diventava sempre più grande e infine si fermava. Le porte si aprivano, qualcuno scendeva (soprattutto operai che rincasavano dopo il turno delle sette di mattina). Poi si vedevano le gambe di due ragazzini superare la soglia, inghiottite dal grande dinosauro.

La scena si spostava all'interno del treno, con uno dei due ragazzini che correva di carrozza in carrozza perché non trovava più il suo amico. Dove si era cacciato? Giocava a nascondino? No, semplicemente – anche se per ora lui non lo sapeva – il suo amico non esisteva più e, al tempo stesso, non esisteva ancora.

La scena continuava stavolta su un sedile a quattro, mentre le fermate e i nomi di paesi si succedevano con la stessa ipnotica insensatezza del paesaggio. Gli altri tre viaggiatori erano un uomo anziano, una giovane dagli occhi verdi di nome Lucia o Lucy, e un ragazzo dall'aspetto gentile ma molto affranto.

Il ragazzo aveva perso da qualche giorno il padre adottivo e non se ne dava pace, anche se cercava di dominarsi. Parlava di vacanze passate insieme, di concerti rock, di scherzi atroci giocati agli amici. Adesso quell'uomo straordinario non esisteva più. La ragazza confessava di star attraversando un periodo di grande confusione, essendosi perdutamente innamorata del fratello del suo ragazzo. Infine il vecchio – che aveva un'aria molto amareggiata – raccomandava a questi giovani di non fare come sua figlia, che stava per sottoporsi per la seconda volta all'inseminazione artificiale perché voleva un altro bambino.

Tra campanili e fabbriche e scali ferroviari e campi di avena e ville antiche, mentre i nomi delle stazioni si susseguivano, reali e improbabili, i quattro personaggi discutevano, le loro vite allargavano le braccia, cercavano di congiungersi, di incrociarsi, e i racconti fluivano. Ma per quanto tali racconti procedessero ciascuno secondo un proprio ordine, un principio di caos cominciava a farsi strada, come il leggero odor di fumo che precede l'istante in cui l'incendio è ormai divampato e le fiamme non lasciano nessuna via d'uscita. Questo principio di disordine consisteva nell'ordine stesso, l'ordine unico e invariabile che, all'insaputa di tutti, si stava insediando nelle loro biografie: un ordine/caos, insomma, della cui esistenza soltanto uno dei quattro viaggiatori poteva arrivare a capacitarsi, mentre ciascuno degli altri tre avrebbe proseguito il viaggio perfettamente convinto di trovarsi al centro della propria storia, e che la sua in fondo avesse poco e nulla da spartire con quelle degli altri.

Solo il ragazzino, a poco a poco, cominciava a comprendere la verità. La verità era che tutto quel succedersi di nomi e tutta quella ripetizione di elementi paesaggistici si stava trasformando lentamente in una specie di labirinto, e che anche il tempo era nient'altro che un'illusione.

Pieno di spavento ma anche più ricco di conoscenza, il ragazzino comprendeva che i suoi tre compagni di viaggio non erano altro che pezzi della sua vita personale. Il nome del padre adottivo defunto, quello del ragazzo di cui la bella Lucy si era innamorata, e infine quello che la figlia del signore anziano avrebbe voluto dare al futuro bambino erano lo stesso nome, e questo nome era il suo.

Ricordava certi discorsi sul nonno materno, morto per aver ingerito una dose eccessiva di sonniferi poco prima della sua nascita. Pensava al proprio fratello maggiore di cinque anni, sempre strafottente con lui, sempre primo in tutto (a scuola, nel basket, al corso di musica), e per la prima volta immaginò come sarebbe stato piacevole rubargli la ragazza, specialmente se somigliava a quella sconosciuta passeggera dagli occhi verdi.

Anche il racconto pieno di lacrime del ragazzo afflitto, l'enumerazione dei pregi del defunto, della sua abilità, della sua memoria prodigiosa (poteva prendere in mano un violino dopo trent'anni e cavarne note fresche, vigorose e a un tempo precise come teoremi) gli suonavano familiari.

Interrogato sulla storia del violino, il giovanotto disse che suo padre (adottivo) aveva avuto un fratello, che era stato il suo vero padre, e che era stato trovato morto in una scarpata in circostanze che non erano mai state chiarite.

A queste parole, Lucy apparve molto turbata e pregò il giovanotto di cambiare argomento e di lasciar perdere il violino.

Il ragazzino guardò allora il vecchio in un ultimo tentativo di trovare un argine al corso rovinoso dei sospetti e delle paure, ma vi colse un lampo di disperazione, e comprese finalmente che quella che si stava raccontando era la sua stessa storia: quell'uomo era il nonno mai conosciuto, e lui era dunque il bambino che doveva nascere, e ancora lui era l'oggetto dell'amore infelice della ragazza, e sempre lui era il padre adottivo del giovanotto: lui, che aveva sposato il grande amore della sua vita solo dopo che questa aveva avuto due figli con suo fratello, lo spaccone che alla fine lei era stata costretta a sposare, per viltà.

Josh, che nel frattempo si era alzato e camminava nudo su e giù per il salone evitando le bottiglie, domandò a Voegel, con la tipica voce di chi non vede l'ora di dedicarsi a qualcos'altro, come fosse il finale, se per caso qualcuno si gettasse sotto il treno, come nelle storie classiche, anzi, come nella più classica di tutte.

"Prego Dio che non sia così," concluse.

"Preghiera esaudita. Finisce con un brindisi, un brindisi surreale, senza vino e senza bicchieri, ed è la mia scena preferita. In buona sostanza, per fare una scena come quella ci vuole un vero scrittore, questa è la mia opinione."

"Anche la mia, senza dubbio," sospirò Josh. "Ok, oggi lo leggo. Mi sembra una stronzata ma in effetti qualcosa che mi attira c'è. Ci vediamo in mattinata."

"Se ti sembra una stronzata, cos'è che ti attira?"

"La stronzata. Mi attirano le stronzate. Aspettami in studio."

"Te lo scordi. Io adesso me ne vado a letto e intendo dormire per almeno tre ore."

"Fai come ti pare. Ci vediamo per la riunione delle cinque."

"Oh, a proposito. Pamela è lì con te, non è vero?"
"Assolutamente no, cosa dici."
"Be', salutamela. Dille che stasera faccio un po' tardi."

Preparativi di viaggio

Dopo i *pancakes* e il succo d'arancia più il doppio caffè d'ordinanza per evitare Starbucks, Joshua Weisenberg congedò Pamela (alla quale non aveva riferito l'ultima parte della telefonata) e si vestì come per uscire, benché non avesse intenzione di uscire. Ma sentiva che l'avrebbe fatto, che era imminente un viaggio, forse un viaggio lungo (ma non un lungo viaggio). Pochi giorni, ma lontano. O forse no.

Entrò nello studio. Da sotto una pila di bozze e dattiloscritti alta quasi un metro tolse delicatamente il racconto della ragazza italiana e cominciò a leggerlo qua e là senza troppa curiosità: quanto bastava per capire che il suo amico Bruno Voegel, grande manager e strenuo lettore di opere prime ma filosofo nell'anima (era nato a Jena), nei riassunti era un vero disastro. La storia sembrava un po' meglio di come l'aveva raccontata quel babbeo, che era anche un genio ma restava comunque un babbeo.

Non che avesse voglia di leggerselo tutto, anche se non era molto lungo, centoventi cartelle al massimo. Quello che lo attirava era la breve bio della ragazza. Alessia Monti, via Tal dei Tali, Cormano, Italy, residente in Bla bla bla Avenue, codice postale Bla bla bla... Union City, New Jersey.

Cercò Cormano su Google Maps e scoprì che si trovava vicino a Novate Milanese. Josh conosceva Novate perché era il paese natale di uno scrittore che lui amava molto, Giovanni Testori: uno dei tantissimi che amava e che non avrebbe mai pubblicato, mentre pubblicava una gran quantità di "romanzi dell'anno" e di "folgoranti rivelazioni" che lo facevano letteralmente cacare, ma così è il mestiere dell'editore e così – pensava – sono forse anche tutti gli altri mestieri, compreso quello dello scrittore. Nessuno diceva mai quello che pensava davvero e nessuno faceva mai quello che avrebbe voluto fare davvero, come diceva Freud nel *Disagio della civiltà*, l'unico libro veramente decisivo che Josh avesse mai letto.

Josh conosceva l'italiano perché sua madre, Rachele Ferrara, era nata e cresciuta in Italia, dove aveva girato un po' dappertutto al seguito di papà, dirigente Nato ma fascistello in petto scampato ai lager, prima di convolare a ingiuste nozze con quel figlio di puttana di suo padre, il rinnegato Philip N. Weisenberg, schifoso apostata traditore, che non esitò a farsi cattolico fervente pur di mettere le mani su un grosso affare con una finanziaria del Vaticano, e morto giustamente di cancro alle ossa, il più doloroso, all'età di cinquantaquattro anni, quando ci si fa ancora un sacco di illusioni. Ben gli stava. La sua storia personale, di cui faceva parte anche una conversazione giovanile con Primo Levi, lo persuadeva che tutte le sue piccole catastrofi avevano la loro origine nella grande catastrofe dell'olocausto, e che tutta la colpa dell'olocausto fosse da attribuire a quell'infame galileo di Nazareth. Nessuno oggi, sospirava, riesce davvero a comprendere lo strazio che c'è in ogni ebreo (ma non in suo padre e suo nonno).

Dopo una breve riflessione sulla condotta di suo padre, Josh prese il telefono e compose il numero corrispondente alla casa di Union City, rendendosi conto solo mentre componeva il numero di avere deciso di farlo.

"Pronti, pa-alo con Alexia Monteiiii?"

Una voce stridula rispose in un inglese didascalico e imperfetto che Alessia purtroppo era rientrata in Italia dove sarebbe rimasta per qualche mese.

"Mi scusi, richiamerò."

Appena chiuso, il telefono si mise a suonare. Controllò il numero, era ancora quello di Union City. La ragazza si chiamava Dagmar ed era danese, ed era la più cara amica di Alessia Monti. "Se vuoi," disse, "ti do il telefono di casa sua in Italia. Ma tu chi sei?"

Josh disse di essere l'editore al quale Alessia aveva inviato, senza ricorrere ad alcun agente, il dattiloscritto in duplice copia del breve romanzo *In viaggio con la vita* (titolo da cambiare, davvero orribile), che sia lui che il suo collaboratore avevano trovato molto interessante.

"Potremmo incontrarci," propose lei, temerariamente.

"Ok, molto bene. Domattina alle otto? Devo venire io?"

"Lavoro sull'altro lato della tua strada," disse Dagmar. "Al quarto piano."

Decisero per un caffè sull'angolo, ore otto precise.

La via dove aveva sede lo studio Weisenberg & Voegel univa Central Park con l'East River. Era piuttosto breve e tranquilla e dopo vent'anni tutti quelli che gravitavano nella strada intorno alla First si conoscevano, almeno di vista, e Josh conosceva benissimo la società finanziaria che occupava il quarto piano del palazzo di fronte, conosceva di vista tutti quelli che ci lavoravano e, di persona, due dirigenti, con i quali condivideva a volte la pausa pranzo. E conosceva soprattutto – di vista s'intende, ma molto bene – una ragazza bella da togliere il respiro, dai capelli color carota, che da diversi mesi svolgeva una internship in quella società.

La mattina seguente alle otto, dopo una noiosa riunione e dopo una notte passata in felice solitudine, Joshua capì la ragione dell'audacia di quella ragazza danese di nome Dagmar. Dagmar e la bellissima misteriosa pin-up rossa erano la stessa persona.

Con ogni evidenza, Dagmar sapeva perfettamente di avere appiccicato al proprio corpo, al proprio viso e alla propria età il passaporto più universale che ci sia. Per l'occasione aveva scelto un abitino scarlatto molto semplice con una bella scollatura, scarpe Fratelli Rossetti con calzettine corte secondo il vizio delle nordeuropee e un cardigan di lana sottile color panna. I capelli erano sciolti sulle spalle. Se Dagmar desiderava fare colpo c'era riuscita, ma ci sarebbe riuscita anche se non lo avesse desiderato.

Era difficile concentrarsi in una conversazione con lei. Dagmar ordinò un'enorme fetta di cheesecake alla fragola e un caffè, Josh si accontentò del caffè. Dagmar mangiava con ostentazione, si divertiva a fare impazzire gli uomini, la sua bocca prometteva milioni di cose tutte proibite, eppure Josh capì che si trattava solo di una commedia. Ne ebbe la conferma poco dopo, dalle stesse labbra della ragazza. Dagmar in realtà era lesbica e aveva cacciato di casa la sua ragazza, cioè Alessia, perché quella lurida aveva osato innamorarsi di un'altra persona, che oltretutto era un ragazzo.

"Sono italiane, Dagmar, cosa ci vuoi fare."

"E adesso la mia vita è distrutta."

"Direi che hai ancora molte possibilità."

"Distrutta ti dico, vecchio. Distrutta."

Poi soggiunse, quasi piangendo:

"Ti pare giusto che una persona così bella non possa avere l'unica cosa che desidera?"

"Mia cara, il desiderio è un grande labirinto. Conosci Borges?"

"L'ho sentito nominare."

"Leggilo. Ma leggilo tutto. Alla fine capirai alcune cose di cui hai bisogno."

"Pfui."

Nonostante il suo odio per "la piccola Alessia" (Dagmar sarà stata alta un metro e ottantacinque) questa ragazza dal carattere buono volle aiutare Josh a contattare la fedifraga e gli diede il numero di telefono italiano, che non compariva nel manoscritto.

Nel momento in cui i due si congedarono, Joshua Weisenberg aveva già deciso di non telefonare ad Alessia Monti ma di andare a conoscerla di persona. Le poche parole risentite della bellissima Dagmar l'avevano persuaso che nella storia del bambino sul treno, che Bruno gli aveva riassunto così male, c'era la vera storia della vita di questa ragazza ma soprattutto c'era un mondo che all'improvviso scopriva di avere sempre desiderato conoscere, perché lui amava Milano, ma l'aveva sempre conosciuta dalla parte sbagliata – il Duomo, Montenapoleone, la Scala – e adesso bisognava conoscere anche la parte giusta, dove probabilmente esistevano, disseminate, le briciole della sua storia, che per un ebreo non può essere in nessun modo una storia soltanto individuale.

In ufficio disse che non voleva essere disturbato da nessuno. Attaccato al computer, prenotò un viaggio in Business per

Milano e l'albergo (il Four Seasons, ovviamente: a suo parere l'albergo più bello del mondo). Poi si affacciò alla finestra per respirare l'aria autunnale che scendeva fin lì da Central Park, e proprio davanti a sé – perché la Weisenberg & Voegel si trovava anche lei al quarto piano – vide la finestra della stanza dove lavorava Dagmar, e vide anche Dagmar la quale, forse sentendosi silenziosamente chiamata, dopo pochi minuti comparve sul minuscolo balconcino a fianco, sola, con una sigaretta accesa tra le dita. Non doveva essersi dimenticata dell'incontro, perché dopo una boccata girò gli occhi dalla sua parte. Lo vide e gli fece ciao ciao con le punte delle dita dell'altra mano. Dio mio, pensò Josh, che aveva sempre avuto un debole per le lesbiche.

Il viaggio

Durante la prima parte del viaggio Josh lesse finalmente per intero il romanzo della ragazza italiana e concluse, come aveva già deciso a una prima occhiata, che era meglio del riassunto che ne aveva fatto il suo amico, anche se in fondo il riassunto non era stato poi così cattivo (Josh era un uomo sempre disponibile a ricredersi, e questa era stata la sua vera fortuna). Pensò anche che, se non avesse conosciuto Dagmar, forse non si sarebbe mosso da Manhattan e avrebbe semplicemente cestinato il romanzo.

Dagmar gli aveva fatto capire due cose. La prima era, appunto, che il romanzo della sua ex fidanzata, anche se ricordava una certa letteratura fantastica mitteleuropea nata intorno al 1920 e poi rivitalizzata quando venne di moda l'esistenzialismo, aveva una radice autobiografica e geografica che lo rendeva più interessante: in effetti, erano finora in pochi, in questo terzo millennio, a tentare di sollevare la letteratura da una specie di riproduzione anastatica e impoverita della realtà quotidiana (soprattutto newyorkese) o di qualche altro mondo fantastico ma codificato con una pedanteria peggio che burocratica.

Ma c'era un'altra cosa che aveva ben capito, e cioè che quello che aveva sempre pensato della vita era proprio vero. Dagmar. Cosa poteva esistere di più splendido, angelico, struggente di lei? Eppure, pensava, passi che è lesbica – e questo è un dispiacere per i più ma per qualcuno può essere anche una gioia, beati o meglio beate loro – ma in più viene tradita dalla ragazza di cui è innamorata, che all'improvviso o magari non proprio all'improvviso scopre di essere etero. Eh sì, pensava mentre l'aereo attraversava una turbolenza e la sua brutta vicina lo teneva per il braccio, abbiamo prodotto tanta letteratura generosa popolata da tanti illusi, che hanno vissuto e sono morti nella persuasione che uno scrittore dovesse parlare soltanto di quello che più gli stava a cuore. Illusi che il mercato fosse solo uno strumento nelle mani di uomini stupidi e nemici degli artisti, uomini di merda che se ne infischiavano dei capolavori e pretendevano opere mediocri ma vendibili, storie standard destinate a un pubblico tanto più ampio quanto più erano cretine.

Che errore. E come aveva ragione quel vecchio critico francese il quale, prima di lasciarci tutti, in un suo saggio su Stendhal dichiarò che siamo e saremo sempre destinati al fallimento ogni volta che cercheremo di parlare di quello che amiamo. Oppure di ottenerlo, semplicemente, anche senza parlare. Nemmeno una come Dagmar si può opporre a questa legge. Possiamo parlare solo di quello che non amiamo, o al massimo di quello che amiamo ma per errore. Se Dio è quello che desideriamo sopra ogni altra cosa, la letteratura non è solo atea, ma addirittura contro Dio.

Il Four Seasons era bellissimo, come sempre, si poteva desiderare o immaginare un hotel più bello, più confortevole, dove si mangiava meglio? Quella mattina però, mentre apriva il suo uovo *à la coque*, guardando il salone intorno a sé lo trovò (cosa mai successa) di una bellezza incomparabile ma al tempo stesso standard, qualcosa in altre parole che si poteva trovare un po' dappertutto, così come si poteva dire lo stesso anche della bellezza di quella parte di Milano, che era quella a lui più nota: Montenapoleone, Spiga, Santo Spirito, il Sant'Ambreus. Qualcosa di unico, certo, ma al tempo stesso di impersonale. Possibile che esista una cosa unica e impersonale? Evidentemente sì.

"Dovrei andare a Cormano."

"Le chiamo un taxi?"

"No, preferisco andarci in treno."

"In treno. Come desidera."

Dopo una trentina di secondi il ragazzo della reception gli aveva già preparato un foglio con tutto il percorso da seguire. Poteva andare a prendere la metropolitana oppure farsi una passeggiata di un chilometro fino alla stazione di Porta Venezia. Joshua si fece chiamare un taxi.

La stazione ferroviaria di Cormano, dove si era fatto portare, era di una tenue modernità e non dava direttamente sui binari: bisognava usare un sottopassaggio perché tra la stazione e la strada ferrata c'era una rete protettiva. Attraversò un parcheggio che poi diventò una specie di giardino pubblico che poi si trasformò in una piazza, che doveva essere la piazza centrale di Cormano e di cui lo colpì la completa mancanza di qualunque pregio di qualunque genere. Gli interventi recenti, con l'istituzione di una zona a traffico limitato e una pedonale, se possibile avevano peggiorato il paesaggio. Perché limitare il traffico? Correre, correre via, al più presto. Cosa c'era da guardare?

Camminava per questa periferia senza qualità, sempre e comunque periferica anche se quello era il centro di Cormano, sorprendendosi di come ne fosse potuta nascere della letteratura ma trovando al tempo stesso tutto questo naturale, come i cicloni e le piante carnivore. Guardandosi intorno, Josh capiva meglio l'atmosfera del romanzo di Alessia la fedifraga.

Sotto un portico anni sessanta dalla pavimentazione improvvisata Josh osservava i negozi insignificanti di Cormano: una panetteria, un bar pieno di musica insopportabile, poco oltre un altro panettiere che doveva darsi molte arie perché aveva trasformato il proprio locale in una specie di snack bar al modo delle *boulangeries* parigine.

Parigi. Ecco il posto migliore in assoluto per mangiare pane e al tempo stesso il peggiore in assoluto per fare letteratura. Quello che si produce a Parigi, pensò, sembra bello finché lo leggi restando in città, seduto a Le Hibou o al Café de la Mairie, ma non appena ti allontani dall'Île de France comincia a puzzare di parigino. Lo scrittore parigino: uno che sa dire soltanto io sono di Parigi. Però il pane è tutt'altra cosa. Non c'era nemmeno bisogno di avvicinarsi alla vetrina per capire che i prodotti di quel forno erano unti da fare schifo. Oddio, non è che tutto quello che è unto sia necessariamente cattivo, anzi. Finì che Josh si comprò un pezzo di focaccia, unta ma piuttosto buona. La cosiddetta focaccia ligure. Josh conosceva Camogli e una volta era stato a Noli ma gli mancava Genova, mai stato a Genova. La vista di un cantiere sull'altro lato della strada era protetta in parte da un folto gruppo di alberi, perlopiù robinie. Tra gli alberi si scorgevano mucchi di forme arrugginite, presse, pezzi di macchinari, fili di tondino piegato e ripiegato. Dietro tutto questo potrebbe esserci qualunque cosa, anche il mare, pensò, oppure anche Genova. Tu cammini per la periferia milanese e d'un tratto, dietro un filare di alberi, ecco Genova. Oppure ecco un bagno pubblico. O una ferrovia. Un altro bar si presentò con le porte spalancate. Tre giovani cinesi, un ragazzo e due ragazze, se ne stavano fermi dietro il banco come statue di porcellana. La più vecchia delle ragazze stava leggermente china con i gomiti appoggiati sul banco mentre gli altri due erano dritti dietro di lei, tutti e tre pronti per lo scatto casomai un fotografo passasse da quelle parti. I fotografi, e che fotografi, avevano frequentato molto questo genere di paesaggio indeciso e disordinato. Del resto, che senso avrebbe fotografare sempre Manhattan, la Tour Eiffel e il Golfo di Napoli? Ci sono cose che non bisognerebbe nemmeno fotografare, come Venezia. Sarebbe come musicare una poesia. Che senso ha? una poesia contiene già la propria musica, e Venezia è già la propria fotografia. Meglio questi posti, Novate Baranzate Bollate Vanzago Senago Bresso Cormano... Capannoni, cantieri, rampe stradali, piccoli centri, altri capannoni, e poi villette messe lì, ciascuna con il suo giardino le sue rose e i suoi cipressi o betulle, tutte circoscritte dentro un reticolo sempre perfettamente squadrato di strade, e tutto questo senza una ragione, se ne stanno lì allo stesso modo in cui ci potrebbe essere una fabbrica, o un campo sportivo, o una ferrovia.

Com'era possibile che una ragazza cresciuta qui avesse pensato di fare la scrittrice a Manhattan? Eppure non era sempre andata così? Da ogni buco schifoso, cantina, carbonaia via a Parigi, a Londra, a Manhattan!

Intanto, seguendo le indicazioni sul suo smartphone, Josh si era avvicinato alla via dove, al civico 21, abitava Alessia Monti. Senza quel navigatore personale l'agorafobia di cui soffrono tutti gli abitanti di Manhattan l'avrebbe paralizzato. *1997: Fuga da NY*. E chi vuole fuggire? si domandò. Eppure lui era fuggito. La piccola tecnologia quotidiana permetteva di fottersene se ci si trovava tra la Quinta e la Quarantaduesima piuttosto che a Cormano: le azioni da compiere sarebbero state esattamente le stesse, per Google Maps e succedanei tutto il mondo è uguale, le tigri – rise – non sono previste.

"Buongiorno signora."

"Posso sapere?"

Joshua le porse la mano dicendo il proprio nome, lei si pulì le sue nei blue jeans e poi gliela strinse. Disse che stava cambiando il terriccio.

"Terriccio?"

"Lei non è italiano, vero?"

"Parlo così bene?"

La telefonata a Dagmar è stata un disastro, pensò.

"Molto bene. Però non conosce la parola terriccio."

"Faccio parte di uno studio editoriale abbastanza famoso a New York," disse. Non era la frase che intendeva dire, intendeva dire che faceva parte di uno dei più importanti studi editoriali del mondo, ma al tempo stesso trovava impossibile dire questa cosa in un'abitazione come quella, con quelle tende in tessuto sintetico, quelle sedie traballanti, quel tavolo di cristallo verdolino che ricordava qualche ufficio pubblico, e soprattutto quella cristalliera dove si potevano ammirare i bicchierini da liquore (Strega, Alchermes, Amaretto di Saronno), eredità di qualche nonna, liquori e mobile. Una frase ha senso se è adeguata al luogo in cui viene detta – è anzi probabile, si appuntò nella testa, che il luogo faccia parte della frase stessa.

Che cos'è, poi, una frase? Mistero.

"Alessia arriva a momenti. È andata dalla figlia di una mia amica, una ragazza per la verità un po'," fece toc toc sulla superficie del tavolo, "per darle qualche lezione."

"Letteratura americana?"

"Letteratura."

La signora Loredana Sinisi era una bella donna molto più giovane di lui, aveva un corpo snello e due begli occhi verdi con qualche filo d'oro e si tingeva i capelli color biondo ramato. Insegnava lettere in una scuola media ed era molto soddisfatta del proprio lavoro.

"E Cormano?"

"A Cormano si sta come dappertutto."

"Mafia? Criminalità?"

"Io voglio bene ai miei ragazzi."

"Mi scusi se non le anticipo il motivo della mia visita."

"Capisco."

Josh si domandò quale fosse di preciso questo motivo. Intendeva fare una proposta editoriale alla giovane Alessia?

Non ci aveva nemmeno pensato. Forse – forse – voleva soltanto vedere come sono i posti dove nasce la letteratura. Stando a Manhattan, dopo un po' questa cosa non si capisce più, non serve capire. Che posti sono, quelli dove nasce la letteratura? Posti dove non si può essere sicuri di stare troppo bene, posti dove tutto si mescola ma senza un progetto particolare, dove vige la legge della Promiscuità Universale. Esatto. Posti esclusi da qualunque progetto, come la Catedrál del suo vecchio amico Mario Vargas Llosa o le case brianzole dell'Ingegnere.

Naturalmente la signora conosceva i termini generali della faccenda: sua figlia scriveva racconti da quando era piccola e lui faceva l'editore.

"Mi può ripetere il nome?"

"Joshua, Joshua Weisenberg."

"Le offro un caffè?"

"Grazie."

"Intende dire Weisenberg come Weisenberg and Voegel?" disse la signora tornando con il vassoio del caffè.

"Conosce?"

"Abbiamo uno scaffale pieno di libri W&V. Sono libri molto belli, editati con grande gusto. La carta è bella, belli i caratteri, la copertina semplice e niente errori di stampa. I libri sono belli così."

"Non facciamo solo grandi numeri. Senza il ricatto dei numeri si possono fare anche libri belli. Però," rise, "per non essere ricattati dai numeri bisogna fare i numeri..."

La signora rise.

"Ci vuole molto buon gusto, però," rispose.

L'ascolto di queste parole semplici e sensate rasserenò molto l'animo newyorkese di Josh, che sarebbe stato volentieri per ore a discorrere così, con un caffè di tanto in tanto, se voltandosi non si fosse accorto della presenza di una ragazza nel vano scuro della porta del salotto.

Nessuno l'aveva sentita arrivare.

Joshua adesso la guardava e non riusciva a parlare, e lei se ne stava lì come per farsi guardare. Dove aveva già incontrato quel viso pieno di dolcezza, quegli occhi verdi, il nero di quei capelli? Non che fosse una pin-up, però un viso come quello si poteva incontrare una sola volta nella vita, e lui era sicuro di averlo già incontrato, ma dove? Forse in giro per Manhattan, certo, questo era possibile, ma dove? Era sicuro che, se fosse stato a Manhattan, avrebbe ricordato anche il posto.

La ragazza sorrideva davanti al suo silenzio, mentre lui tornava con la memoria a Manhattan, alla Fifth, a qualche galleria d'arte, a qualche ristorante... No, no.

Forse con Dagmar? Mai, mai. Forse all'università, dove lui andava spesso a tenere qualche lezione estemporanea? Di nuovo no, se l'avesse vista anche a una sola di queste lezioni, mescolata con il pubblico (mai troppo numeroso, per la verità), avrebbe mai potuto dimenticare la dolcezza di quel sorriso?

"Noi ci... ci conosciamo, non è vero?"

Alessia restava immobile. Non osava muovere un solo muscolo, mutare espressione del viso, e perfino battere le ciglia le procurava dispiacere. La chiamavano euforia paralizzante.

"Di persona direi di no, Mr Weisenberg. Mi gira la testa, mi perdoni. Perché è venuto fin qui a cercarmi?"

"Perché... perché..." un lampo lo illuminò all'improvviso, "perché ho letto il suo romanzo, ecco perché, mia cara... Lucy."

Ecco, l'aveva conosciuta lì, e da nessun'altra parte: lei era Lucy, la ragazza del treno, che si era invaghita del fratello del suo ragazzo, non era così?

Ma nessuno di questi pensieri trovò la strada per trasformarsi in voce. Alessia era una bella ragazza, ma non era certo Dagmar, e non era nemmeno una di quelle bellissime ragazze newyorkesi che si presentano seminude a certi vernissage, e deliziano critici dalle scarpe sbagliate con le loro battute così meravigliosamente fuori luogo. Eppure c'era qualcosa di speciale, che distingueva Alessia da tutte le ragazze dell'universo: c'era un autoritratto sul treno, c'era un nuovo nome (Lucy, Lucia), c'erano orecchie cui affidare le proprie confidenze, orecchie per poter dimenticare altre cose.

Poi la conversazione riprese, con molta cautela da tutte e due le parti. Alessia percepiva tutto il mistero di quell'incontro e non volle mai portare il discorso su un'eventuale pubblicazione del suo libro, come del resto non poté lui, che pure da un certo punto in avanti avrebbe voluto parlarne, perché si era andato convincendo che il libro meritava quell'onore, ma come gli era capitato prima con sua madre, comprese che non tutto si può dire, che esiste un copione da rispettare. Non era tempo di questioni pratiche, quella sera.

La conversazione proseguì dunque nel segno della timidezza, com'era iniziata, ma con un po' di tranquillità in più. Nessuno parlò d'altro che della vita di tutti i giorni. Alessia/Lucy disse di avere scritto quel romanzo proprio lì, a quel tavolo dove adesso sedevano con davanti la tazzina vuota del caffè. La mamma nel frattempo non c'era più perché era scesa ad acquistare qualche dolcetto senza pretese e poi avrebbe preparato un altro caffè.

Il sole stava scendendo dietro il tetto della casa di fronte, ordinaria come tutte le case di Cormano.

Eppure a Cormano c'era il mondo. C'era per esempio una ferrovia, come la Transiberiana o come quella tra NY e Chicago, c'erano ragazzi e ragazze pieni di illusioni come anche a Manhattan, e sempre a Cormano c'erano figli di nessuno, nonni tristi, ragazzi che piangevano il padre morto, equivoci. Infine, a Cormano forse vivevano o comunque potevano vivere uomini che in passato, in seguito a eventi spiacevoli che possono capitare a chiunque, avevano deciso di partire volontari per qualche guerra, e poi erano tornati pieni di droga, oppure dentro una bara. E poi a Cormano c'erano amori, e sofferenze, e gelosie, e ammazzamenti dio sa perché. Il mondo è qui, adesso, pensò, e questo miscuglio di cose forse è una benedizione: sempre che si possa sopportare a lungo una simile mancanza di cose belle. Perché a Cormano, e anche questo era vero, non si poteva scegliere un ristorante diverso ogni sera, o un diverso vernissage, o un party piuttosto di un altro per evitare la moglie o il marito. A Cormano non c'erano Central Park, West Broadway o il Village, e per lo shopping era necessario migrare a Milano, la tentacolare Milano, molto più piovra lei che nemmeno New York.

Ma a Cormano non c'era nemmeno l'obbligo di vestirsi ogni sera in modo impeccabile per non sfigurare agli occhi di donne importanti o per non essere colti in flagrante da qualche fotografo annoiato, e anche questo poteva avere la sua importanza per un aspirante scrittore in cerca di un contratto. Da quanto non succede più in America? mi sa che l'ultimo a scrivere in ciabatte dev'essere stato Faulkner, al tempo in cui non aveva nemmeno i soldi per le scarpe...

Venne il momento delle strette di mano.

"Rimane qui o riparte subito per l'America?" chiese la professoressa, sorridendo.

"Farò un giro di questi paesi. Domani voglio andare a Novate. Quanta arte, quanta poesia."

"Buon viaggio allora."

Uscendo si volse per l'ultima volta.

"A proposito, io lavoro di fronte a Dagmar."

"Io so dove lei lavora."

"E cosa ti aspetti da me?"

"Mi saluti Dagmar. Adesso che è sola potrà capire se stessa un po' meglio. Se può non le faccia del male."

"Per Milano su quale marciapiede devo andare?"

"Sul due."

La religione giudaica, alla quale Mr Weisenberg apparteneva per stirpe se non per fede, proibiva le immagini di Dio, e questo non era un divieto da bacchettoni. La nostra immaginazione, pensava, mentre il treno attraversava pezzi di paesaggio perfettamente uguali a Cormano (c'era anche qualche campanile in mezzo alle officine) alternati a tunnel privi di illuminazione, è fatta di pura vitalità, di cieco desiderio di vita, di vita che divora la vita e non conosce alcun Dio. Noi immaginiamo quello che possiamo desiderare e desideriamo quello che possiamo immaginare, e in tutto questo Dio non c'entra per niente. Per questo i nostri padri ci hanno vietato di fabbricare immagini. E sempre per questo abbiamo associato l'idea di Dio a quella della punizione.

Ma qui, in questa terra di apostati cattolici (Josh manteneva questo astio invincibile nei riguardi di suo padre, che lui chiamava non papà ma “il prete”), in questa terra senza attrattive apparenti, i volti, le fisionomie abbondavano. Nei santuari mariani come nei quadri dei pittori lombardi come nei salotti di un posto come Cormano, quando nel vano di una porta appare una ragazza bruna dagli occhi verdi la memoria si accende di cose mai immaginate. Ripensò agli scrittori lombardi che amava, da Manzoni a Testori, alle loro pagine così piene di volti, di epifanie, e tutti così maledettamente intraducibili nella dispotica lingua inglese. E i pittori: d'accordo su Van Gogh, ma che mi dite di Fra Galgario? Cosa potevano capire, quelli di Manhattan, di Gaudenzio Ferrari? Del Romanino?

Il problema, pensò, è che a Manhattan le mogli degli editori vanno a letto con i soci dei loro mariti e tutto questo è normale e tutto questo è considerato molto intelligente, mentre il resto del mondo può essere al massimo interessante qua e là (Londra, Parigi, Milano) ma perlopiù è noioso.

C'è qualcosa di mal fatto in tutto questo sistema, e questo è chiaro. Ma si potrà mai aggiustare?

3. La scuola francese

L'ultimo seminario

"Eravamo partiti – ricordate? – da quello straordinario racconto di Isaac Bashevis Singer che è *L'ombra di una culla*, e da quella scena memorabile nella quale la protagonista femminile, la pudica e giudiziosa Helena, al cospetto dell'ateo infame dottor Yaretzky," un sorriso comparve sulle labbra del professor Henri Balard mentre pronunciava le parole ateo e infame, e le ragazze del primo banco ridevano per dimostrare che erano intelligenti, e fuori dalle grandi finestre dell'aula regnava la primavera francese, "compie uno di quei gesti 'misteriosi e incomprensibili che sfidano', così dice lo scrittore, 'la ragione umana'. All'inchino beffardo di lui, lei risponde afferrandogli la mano e baciandogliela. Il richiamo all'inchino di Zosima davanti a Mitja nei *Karamazov* è evidente, però Singer per così dire cambia di posto alla scena.

"La letteratura mondiale annovera molte dichiarazioni d'amore per così dire canoniche. Dall'angelo con la Vergine nel Vangelo di Luca a quella che unirà per sempre Kitty e Levin in *Anna Karenina.* Tuttavia quello che Singer sceglie di fare è del tutto nuovo: il baciamano è per così dire il fiore della galanteria maschile, ma poiché Yaretzky si è dimenticato di baciarle la mano, ecco che la pallida Helena inverte il protocollo e salta il fossato: compie l'atto riservato agli uomini.

"E non è tutto. Il racconto si svolge come sapete in qualche sperduto angolo della Bucovina o della Galizia o della Pomerania e si sa che da quelle parti la tecnica del baciamano non è ben conosciuta: perciò le labbra di Helena anziché sfiorarla toccano la pelle della mano del dottore, dopo di che il dottore afferra la mano guantata della ragazza e gliela bacia tre volte, due sul guanto e una sul polso, dove la pelle è nuda. Care ragazze, cari ragazzi: nessun atto osceno descritto in un romanzo potrà eguagliare la perfetta impudicizia di questa immagine. Perché è facile comportarsi in pubblico come bestie: è sufficiente essere del tutto privi di senso del pudore. Ma compiere un atto perfettamente impudico e, al tempo stesso, perfettamente umano, questa è un'altra cosa.

"Eppure," proseguì Balard dopo una pausa calcolata, "è proprio da queste cose che nascono le storie. Non dalla normalità, ma dal disordine – sì, dal disordine che poi produrrà l'ordine. Ma l'inizio sta nel disordine, nello sconquasso, e non importa se per pagine e pagine tutto sembra filare in dolcezza, importa solo che fin da subito si percepisca il terremoto, mi capite? Per dirlo con una metafora: la letteratura non si occupa del letto degli sposi, ma solo di quello degli amanti."

Il professor Henri Balard aspettò per qualche istante che il sorriso prodotto dalle sue parole si spegnesse. Docente di Letterature comparate e di Tecnica del romanzo, aveva quarant'anni, portava occhiali rotondi ed era considerato un uomo bellissimo, per questo il suo corso era affollato soprattutto da ragazze, molte delle quali venivano da altre facoltà e non potevano iscriversi al suo esame. Sulle sue spalle pesava l'eredità psicologica dello zio di sua madre, il leggendario Etienne Martignon, l'amico di Roland Barthes, morto pochi mesi prima nel proprio letto, qualcuno dice fumando una Gitane senza filtro, all'età di novantotto anni, per problemi circolatori. Il figlio di Balard, il piccolo Fifi di quattro anni, aveva conosciuto il pro-prozio poco prima che morisse, definendolo "l'uomo tutto giallo". Fifi non capì mai di che materia fosse fatto quel tizio, ma era evidente che, quando si diventa molto vecchi, la carne umana cambia, diventa qualcos'altro, come un'imbottitura rigida, oppure si trasforma da carne cruda in carne cotta ma dal sapore molto sgradevole (il piccolo carnivoro Fifi aveva spesso sognato di mangiare le proprie guance e i lobi inferiori delle proprie orecchie, che viceversa dovevano essere deliziosi).

"Ma ora fate attenzione. Partiti da quella scena, abbiamo immaginato il corso di quest'anno come la creazione collettiva di un romanzo, a cominciare da Monika – Monika, alzati per favore –, la nostra amica berlinese che ci ha gentilmente offerto il 'la' per il nostro lavoro. Monika ci ha fatto l'onore di raccontarci come la letteratura le abbia salvato letteralmente la vita, e ha immaginato per noi una storia."

La storia raccontava di una donna di Barcellona, Marcela, ricercatrice universitaria la quale, già maritata e con due bambini piccoli, s'immerge negli studi di germanistica. Essendo di madre tedesca, adduce la scusa di voler approfondire la cultura della madre, morta tanti anni prima. Il marito, psicologo con studio al Portal de l'Àngel, dichiara perfettamente legittima questa scelta, che obbliga la donna a frequenti trasferte a Bonn.

La vera ragione di questa scelta sta in realtà in un episodio quasi insignificante accaduto un anno prima, durante un concerto di Martha Argerich davanti al mare, quando un distinto uomo di Bonn, che si trovava seduto accanto a lei, al momento della standing ovation le si rivolse (avevano commentato sottovoce diversi passaggi del concerto) dicendole di non avere mai conosciuto una donna tanto bella, e che si sentiva onorato di aver passato la sera sulla poltrona accanto alla sua.

Marcela era una donna alta dai capelli biondo-rossicci molto corti e somigliava a Mia Farrow da giovane. L'uomo si scusò di non aver saputo trattenere il desiderio di dirle quella cosa e le strinse frettolosamente la mano, aggiungendo solo il proprio nome e la città: Eberhard, Bonn.

Nessuno aveva mai detto a Marcela parole come quelle, e per di più l'uomo che le aveva pronunciate era bello e biondissimo, e mentre le pronunciava i suoi occhi brillavano, avrebbe giurato, di commozione.

Ora, Marcela apparteneva a quel genere di ragazze che amano solo se sono certe di essere amate. È vero che lui non le aveva detto ti amo, ma quello che aveva detto fu sufficiente a far innamorare lei. Per non dare a vedere la propria alterazione, decise allora di studiare letteratura tedesca, e lo fece con tanto zelo che l'università le pagò alcuni soggiorni a Bonn, come da lei richiesto.

Una volta giunta a Bonn, Marcela si trasformava in una cacciatrice. Conobbe diversi Eberhard, poi un pomeriggio, nell'atrio di una biblioteca, una collega molto graziosa dai grandi occhi verdi di nome Justine, con la quale aveva stretto amicizia, le propose di uscire quella sera a cena: le avrebbe presentato Helmut, il suo fidanzato, e ci sarebbe stato anche il fratello di lui, un simpatico perdigiorno.

"E questo simpatico perdigiorno ha un nome?"

"Si chiama Eberhard."

"Questa, continuò Balard, è la battuta più bella del racconto di Monika. Bella perché, leggendo quel nome, noi comprendiamo che questo Eberhard non potrà che essere l'uomo amato da Marcela. Bella perché contiene tutto il destino, quello prevedibile e quello imprevedibile. La letteratura infatti ci insegna questo, che ciò che noi chiamiamo 'il Tempo' consiste in realtà in un istante solo. Tutto si trova lì, non esiste né un prima né un dopo. È vero che la storia poi continua, fino a un certo punto, nel modo che piacerebbe a tutti: Marcela incontra l'uomo che ama, e che non si è mai dimenticato di lei, i due diventano amanti, trascorrono notti meravigliose e bla bla bla. E questa storia procede per diversi soggiorni tedeschi della giovane Marcela, fino a che Justine non mette in moto l'altra parte del destino, innamorandosi di Eberhard e portandolo via a Marcela. Ma tutto si trovava già scritto in quell'istante, nell'istante del nome, così che, una volta compiuto il dramma, poco c'importa delle conseguenze. Che ne sarà di Marcela? E l'amore di Justine e di Eberhard continuerà? E quella frase, che aveva sorpreso Marcela al concerto, apparteneva al repertorio abituale di Eberhard? Non lo sappiamo, non lo sa la nostra autrice – resta in piedi, Monika – e, per dirla tutta, questa cosa non interessa a nessuno."

Monika, imbarazzata, si guardava intorno. Le sue labbra non riuscivano più a liberarsi del sorriso cui Balard l'aveva obbligata con le sue lodi. Ma nei suoi grandi occhi verde scuro, che si imprimevano nella memoria di molti ragazzi suscitando sogni, si leggeva una lieve angoscia.

Il professore continuò.

"Ma la storia, che pure sembrava finita, non ci soddisfaceva. Mancava di personalità. Allora decidemmo di collocare quella storia dentro un'altra storia, e così è nata la vicenda dell'extraterrestre che proviene da un pianeta lontanissimo dove la realtà e la letteratura sono invertite, dove tutti scrivono per otto ore al giorno e poi si divertono osservando quella che noi chiamiamo la vita quotidiana, che contiene storie sempre nuove, storie che poi loro studiano nelle università, alle quali dedicano saggi storici o critici. Questo alieno prova un tale godimento in tutta questa vicenda, che osserva spiandola dalla propria astronave, da decidere di rapire Marcela, Justine, Helmut ed Eberhard e condurli sul proprio pianeta allo scopo di far loro ripetere la storia che l'ha divertito tanto. È, insomma, una specie di editore di quel lontano pianeta e vuole che la vicenda letta sulla Terra, diciamo pure il manoscritto, possa essere pubblicata sul suo pianeta. E così rapisce questi quattro esseri umani e li conduce in un luogo in cui gli 'esseri umani' si trovano nelle pagine scritte, mentre tutto ciò che accade nel mondo prevede non esseri umani ma solo personaggi. La storia ha un grande successo, e Marcela dovrà continuamente innamorarsi, tradire e poi essere tradita.

"Questo finale introdusse un senso nella vicenda di Marcela e Justine, e ci dicemmo soddisfatti. Ma all'origine di tutto il corso c'è la lezione di Singer, che noi potevamo apprendere solo – badate bene: solo – compiendo noi stessi un'azione che fosse analoga e insieme del tutto diversa, ritrovando quel principio in un contesto nuovo. Solo un evento imprevisto, estraneo può farci comprendere davvero ciò che credevamo nostro. Per questo la parola che più di ogni altra definisce la letteratura è... è...?"

"Esilio," disse una voce, dal fondo dell'aula.

Su queste parole si concluse la lezione. Balard si sentiva profondamente insoddisfatto, nonostante il successo del corso. Teneva la testa bassa e i pugni sulle tempie. Seduto da solo alla cattedra, mentre le ragazze e qualche ragazzo finivano di uscire e nessuno osava fermarsi a parlare con lui, si domandò cosa quel giorno non avesse funzionato.

La ragione era che, dopo mesi di lavoro creativo, adesso si trattava di tirare le somme, e lui non aveva nessuna voglia di tirare le somme.

Perché occorre a tutti i costi tirare le somme?

Primavera

Ma c'era un altro motivo di malumore: Laure. Laure era stata per tre anni la sua amante, più quasi due di tira e molla, e per quel giorno aveva preteso un appuntamento alla Coupole. Voleva parlare ancora una volta delle stesse cose di cui avevano già parlato mille volte, e lui sapeva già che avrebbero detto le stesse cose, tratto le stesse conclusioni, e tutto questo perché non c'era altro da dire e da concludere: lei gli avrebbe inoltrato l'ennesimo ultimatum promettendo qualche sensazionale uscita di scena, da una dichiarazione pubblica (per fortuna Balard non era ancora molto famoso) a un suicidio con lettera (improbabile, Laure amava la sua vita tutta improvvisata). Laure era una donna che parlava e parlava senza avere la minima idea di quello che diceva, la sua bocca aveva una sua biografia, completamente staccata da quella del resto di lei e soprattutto da quella del suo cervello.

Erano stati tre anni belli e disperati, si sarebbe detto nella Parigi dell'età dell'oro. Il matrimonio con Helène era sull'orlo del naufragio e Laure era la sola isola dove cercare un rifugio. Si accorse immediatamente che non si trattava di un rifugio sicuro, ma Laure aveva gambe lunghe, amava essere abbracciata e baciata, e fremeva, fremeva per qualcosa che non saltava mai fuori, ma che lei trasformava in tante voglie passeggere: voglia di sesso, voglia di crêpe al cioccolato, voglia di viaggiare non importa dove. Ma la frenesia non diminuiva mai, e stare con lei diventava sempre più difficile perché Laure era del tutto incapace di donare a sé e a chiunque altro un solo istante di tranquillità. Perfino quando dormiva si agitava tutta, digrignava i denti, parlava nel sonno.

Forse il momento più tranquillo era stato proprio quello in cui lui le annunciava che intendeva interrompere la loro relazione. L'arrivo di Fifi aveva cominciato, sia pure non subito, a cambiare il suo modo di guardare le cose. Anche Helène era diventata più gentile, e benché la conversazione tra marito e moglie fosse tuttora quasi inesistente, si potevano tuttavia vedere i segni di un timido riavvicinamento, segni di poco conto, come aprire la porta e lasciar passare l'altro, augurare salute se l'altro starnutiva, dire mi alzo io, dormi pure, quando Fifi si svegliava di notte piangendo. Adesso, poi, il bambino stava cominciando a crescere e lui se ne innamorava ogni giorno di più, come non era mai riuscito a fare né con Helène né con Laure.

Henri Balard si alzò svogliatamente, attraversò i corridoi deserti di quell'ala nuova dell'università e uscì nella primavera, dentro un cielo dove non si vedeva una nuvola ma che ciò nonostante gli appariva tutt'altro che uniforme. Una tempesta di blu, pensò. Il Quai Saint-Bernard, che gli edifici universitari rendevano insopportabile a ogni inizio d'autunno, quel giorno scintillava invitando alla spensieratezza e al passeggio: tanto che, raggiunta la sua Citroën C3 color petrolio, dopo aver tolto dalla tasca la chiave aveva rinunciato a premere subito il comando di apertura. La Senna doveva essere blu come accade poche volte in un anno, la sua superficie senza dubbio rabbrividiva alla carezza del vento allegro che soffiava su Parigi da tre giorni costringendo gli aerei in discesa verso Roissy a invertire la direzione di atterraggio, e lui non voleva perdersi una sia pur breve occhiata di questo spettacolo gratuito. Dopo una bronchite che sembrava non volersene più andare, Fifi aveva ripreso il colore di sempre, ed Helène adesso era quantomeno sua amica, o sodale. Perché ridiventasse sua moglie ci voleva un po' ma forse ci sarebbero riusciti.

Toccandosi nella tasca destra della giacca in cerca degli spiccioli da dare a un mendicante riconobbe il piccolo astuccio che conteneva un anellino d'oro acquistato in Italia. Quando l'aveva preso, poco prima della morte del prozio, non sapeva bene a quale donna fosse destinato, se a Helène (ma non subito) o a Laure, come richiesta di perdono, anche se non c'era niente da perdonare, oppure tutto da parte di tutti.

Laure

La storia con Laure era cominciata un paio d'anni dopo il suo matrimonio con Helène, fortemente voluto dai genitori di lei, gente di campagna, originari della Charente. Che con Helène le cose non funzionassero fu evidente fin dal viaggio di nozze. Helène era piccola e molto graziosa ma, come avrebbe detto in seguito un amico sociologo a Henri, la moglie, come del resto anche il marito, era uno dei tanti mestieri che si erano andati perdendo negli ultimi decenni, come il ferro battuto, l'intaglio a mano delle cornici, la mungitura a mano o la piegatura a vapore del legno. La società globale aveva spazzato via mogli e intagliatori. Per Helène essere moglie significava in sostanza godere di tutti i privilegi, vedere soddisfatti tutti i propri capricci, ingrassare. Al culmine della stupidità, i due coniugi pensarono di risolvere i loro problemi mettendo al mondo un bambino, immaginando che diventare genitori significasse avere un oggetto su cui scaricare la loro ansia frustrata di accudimento.

Il bambino esisteva ancora solo allo stato di progetto quando un giorno Henri ricevette un'e-mail da un'università vicina ai Pirenei a firma della direttrice della biblioteca, Mlle Laure-Marie Lasserre. Mi chiami Laure, disse rispondendo al telefono. La voce bassa e leggermente roca della donna, di cui non riusciva a definire l'età, lo persuasero ad accettare l'invito riguardante tre lezioni, da tenere in tre giorni successivi, su temi riguardanti la storia della Letteratura Francese. Dal titolo assegnatogli comprese di essere il sostituto di qualcun altro (comprese anche di chi si trattava) che all'ultimo momento si era defilato. Ma la bella voce di Mlle Lasserre lo persuase ad accettare in ogni caso.

L'orgogliosa facciata dell'università, di pietra grigia, si mostrava da lontano ai finestrini del pullman, apparendo e disparendo più volte dietro un severo bosco di conifere che annunciavano già da sole l'antichità del luogo. Una via si diramava dalla circonvallazione restando parallela a questa per almeno un chilometro ma inerpicandosi, a differenza di quella, lungo la costa fino a varcare un'antica porta sistemata di sbieco, la sola che permettesse ai mezzi di trasporto più voluminosi di penetrare nella parte più bella e intima della città. Proseguendo lungo questa via, tenendo sulla destra il crinale scosceso in fondo al quale, fiancheggiando la lama blu di un torrente, correva la circonvallazione, dopo una strettoia si apriva, davanti a un palazzo molto pretenzioso del primo Settecento, una piazza di forma allungata e larga quanto bastava per posteggiare una trentina di automobili contro il muro del palazzo, sede dell'antica e un tempo prestigiosa università.

Una doppia scala rasente il muro conduceva all'ingresso. Mlle Laure lo attendeva nell'atrio, in compagnia del rettore, Mr Gomez, che gli diede il benvenuto lasciandolo quasi subito alle cure della bella bibliotecaria, che quel giorno indossava occhiali quadrati dalla montatura nera e un castigatissimo tailleur di gabardine a righe rosso bordeaux e nero antracite. Henri ammirò le belle orecchie sottili della ragazza, da cui pendevano due orecchini eleganti di perle grigie.

I due avevano diverse cose da dirsi. La parentela di Henri con Etienne Martignon, il Grande Iracondo delle Lettere Francesi, era nota a tutti, però anche il pedigree della signorina Lasserre non scherzava, visto che un suo avo in linea paterna era stato fratello della madre di Réginald Garrigou-Lagrange, il famoso filosofo cattolico.

"Non è che il cattolicesimo mi dica molto, con tutto il rispetto," commentò la ragazza, "però se avrò un figlio maschio lo chiamerò Réginald, non lo trova un bel nome?"

"Il suo fidanzato è d'accordo?"

"Il mio gelosissimo fidanzato, dice? Per lui è indifferente. Però sarà meglio che il piccolo Régis," in pochi secondi il piccolo inesistente aveva già ottenuto un diminutivo, "si dedichi alle arti marziali piuttosto che alla teologia cattolica."

Il suo fidanzato era buddista e si chiamava Gaston Alameda.

"Ma oggi e domani non è in città."

"Sarà per dopodomani."

Senza alcuna richiesta, mentre visitavano i locali più importanti del bellissimo edificio, Laure gli rivelò di essere stata fidanzata, anche se per meno di un mese, con un omosessuale. Lui non voleva essere gay e si era illuso, nella sua disperazione, di potersi innamorare di una donna. Per lei, disse, si era trattato di un'esperienza straziante ma in qualche modo anche bella.

Ma perché questa ragazza gli raccontava i fatti suoi (dei quali con ogni evidenza non capiva nulla) a meno di un'ora da quando si erano visti per la prima volta?

Ma il tempo non corre in modo uniforme, e Henri sapeva già che la loro conoscenza aveva acquistato un'età molto maggiore. Non c'era bisogno di parole per comunicare a una donna che il proprio matrimonio era in piena crisi, che questo errore pesava sulle sue spalle di studioso, e che non la vita ma la letteratura assorbiva quasi per intero la sua componente erotica.

La prima lezione era in programma per le undici dell'indomani. L'hotel dove Henri alloggiava occupava l'edificio di un antico monastero, a quattrocento metri dall'università, con le camere ricavate, così spiegava il dépliant, dalle celle dei monaci. Il suo letto era duro ma accogliente e nessun sogno lo venne a disturbare durante la notte, anche se il giorno dopo si alzò invaso da un incomprensibile senso di buonumore – forse era merito della bella mattinata, forse dell'aria profumata di resina – come se avesse fatto un bel sogno, e poiché facendosi la doccia gli capitò di pensare alla signorina Laure e sentirsi invadere dalla stessa allegria, lo attraversò il pensiero che, forse, la bella bibliotecaria era venuta a fargli visita in qualche sogno poi dimenticato.

È il piacere che permane, non il pensiero, pensò, e subito, tolta dal taschino della giacca la sua immancabile Pelikan 800, annotò questa frase sul suo piccolo taccuino Moleskine per ricordarsi di ripeterla più tardi, a lezione.

All'origine della sua relazione con Laure Lasserre ci fu il puro spazio. Per preparare la seconda lezione aveva chiesto a Laure se poteva usare la sala di consultazione della biblioteca dell'università, una bella sala rettangolare al secondo piano, con quattro finestre, di cui le due centrali permettevano l'accesso a un ampio balcone dal quale si poteva dominare l'intera valle.

Laure gli disse che non c'era problema, l'avrebbe aspettato lei. Gaston era fuori città e lei aveva molto lavoro da sbrigare.

“Faccia conto che io non esista e mi chiami appena avrà finito.”

Ma in queste parole si nascondeva un invito, e Henri lo individuò subito, anche se due minuti più tardi l’aveva già in qualche modo dimenticato per far posto alla lezione dell’indomani.

Entrando nella biblioteca lasciò tuttavia la porta socchiusa. Ora la luce accesa nel salone stendeva una sottile ma vivida striscia gialla nel buio del disimpegno per disegnarsi poi lungo il muro adiacente, come lo stelo di un fiore fatto di luce.

Dal suo ufficio, che aveva una parete a vetri, Laure intravedeva un baffo di quella luce.

Dopo quasi due ore di lavoro, mentre il cielo dei Pirenei si copriva di stelle e la luna brillava non vista dietro l’edificio, all’improvviso Henri si alzò, come per un richiamo, e si guardò intorno, e guardò lo spazio silenzioso che lo avvolgeva, e guardò la porta semiaperta, che scavava un canale tra quello spazio perfetto e gli altri spazi cunicolari dell’antica università, dentro i quali come un minotauro sedeva la bella Laure.

Non si udiva un solo rumore, nessun segno dell’esistenza di Laure – ma lui sapeva che lei esisteva, e lei sapeva che lui si trovava nel salone della biblioteca. Un vero e proprio tormento iniziò a possedere il corpo di Balard, e con quello l’illogica certezza che anche l’altro corpo stesse cominciando a danzare la stessa danza. Quello spazio, delimitato fino al soffitto da migliaia di libri impolverati, con i suoi due tavoli rettangolari e gli abat-jour in corrispondenza delle sedie, per qualche oscuro motivo si era trasformato in uno spazio erotico.

Balard accese un abat-jour e spense la luce centrale. La piccola lampadina spioveva sul tavolo, spandendosi di poco lì intorno, riverberando sulla superficie lucida del tavolo. Laure vide che la striscia di luce era scomparsa e che al suo posto ce n'era un'altra, molto più tenue. Allora si alzò e con cautela si diresse verso il salone, dove migliaia di eroi miscredenti e di eroine lascive erano scesi dalle pagine dei libri e danzavano, invisibili, intorno a Henri e alla sua angoscia. Finalmente, con delicatezza, Laure aprì la porta, vide Henri oltre il piccolo muro di luce e in quel momento i due diventarono amanti.

Così era accaduto e si può dire che i dissapori erano cominciati immediatamente dopo. Laure senza dire nulla né al suo Gaston (la cui esistenza non fu mai verificata) né a lui lasciò il lavoro di direttrice della biblioteca universitaria, e un giorno, a non più di un mese dai fatti raccontati, Henri ricevette una telefonata.

"Sono Laure."

"Dove sei?"

"A Parigi."

Si incontrarono in un piccolo hotel in zona Luxembourg, e lì la ragazza gli comunicò che si sarebbe trovata un lavoro a Parigi per stare vicino a lui.

L'alba di una vocazione

Henri decise di andare a mangiare un boccone in un piccolo bistrot vicino all'università. Camminando in direzione di Rue Jussieu, dove si trovava il bistrot, Henri cercava di rimettere in ordine le idee. L'anello che teneva in tasca non poteva essere né per Laure, che non vedeva da almeno un mese, né per Helène.

La fine ufficiale della relazione con Laure non aveva interrotto completamente i loro rapporti. Laure lavorava in un negozio di oggetti di design dalle parti di Saint-Sulpice e aveva un nuovo fidanzato, tuttavia si era rivista con Henri diverse volte, sostenendo che ora che ciascuno aveva ritrovato il filo della propria vita fare sesso era più piacevole e distensivo. Ciascuno aveva la propria vita, appunto, e non intendeva interferire nella vita dell'altro.

Questo naturalmente (ammesso che a quelle parole corrispondesse un senso qualunque) poteva avere anche qualche vantaggio, come sosteneva Laure, ma di certo non serviva a Henri per riaggiustare i rapporti con sua moglie. Tutto ciò che il professor Henri Balard aveva di importante era il piccolo Fifi, un bambino molto bello e intelligente. Fifi aveva imparato a parlare nel periodo di lutto casalingo che aveva preceduto e poi seguito la morte del prozio Etienne, gloria nazionale ma soprattutto gloria della famiglia. Chissà quali conseguenze avrebbe avuto tutto questo sullo sviluppo della sua personalità.

Nel frattempo, seduta ai giardini, senza aver toccato il pezzo di quiche che le aveva portato il suo ragazzo, Monika, la ragazza berlinese che aveva dato il "la" al romanzo collettivo nato in aula grazie al genio del professor Balard, continuava a pensare alla lezione che si era conclusa mezz'ora prima. Il suo ragazzo, Karim, giocava lì vicino a pallone con quattro compagni del corso di matematica, palleggiando e dribblando nella ghiaia chi si trovava nel parco per passeggiare o per correre, ma ogni tanto si girava a guardarla.

Una domanda le rimbalzava nella testa: perché il professor Balard aveva scelto un racconto (quello di Singer) la cui protagonista aveva lo stesso nome di sua moglie?

Questo poteva significare una sola cosa: che quello che avevano fatto durante le ore di Balard era tutt'altro che un gioco.

Ma se non era un gioco, sia pure un bellissimo gioco, allora che cos'era?

Disse al suo ragazzo che le dispiaceva lasciarlo lì a giocare, ma lei aveva bisogno di camminare un po' da sola.

"Dove vai?"

"Non lo so."

Karim conosceva la storia di Monika e sapeva che non avrebbe mai potuto evitare certi momenti di intensa malinconia, nei quali la ragazza precipitava all'improvviso.

Monika all'età di quattordici anni aveva perso un fratellino, investito da un pazzo ubriaco finito fuori strada col suo coupé. Sulla pedonale camminavano lei, sua madre e il fratellino, che teneva in mano una paperetta di plastica gialla. La paperetta gli cadde dalle mani e il piccolo, che non aveva ancora quattro anni, si girò per andarla a riprendere quando il coupé fuori controllo gli piombò addosso, schiacciandolo contro il muro di cinta di una vecchia villa e lasciando illese la mamma e la sorella. L'ubriaco uscì dentro una nuvola d'alcol, balbettando frasi prive di senso. Provò perfino a inveire contro le due donne, per le quali lui viceversa non esisteva né era né sarebbe mai esistito.

Per fortuna non ha sofferto, dicevano le amiche.

E lei avrebbe desiderato rispondere: avete mai visto uno che è morto senza nemmeno il tempo per soffrire? Sapete che aspetto ha?

Per un anno Monika non volle più uscire di casa, e se qualche amica la chiamava al telefono o cercava di venirla a trovare lei si negava. Sapeva che non poteva andare avanti a questo modo ma non sapeva in che modo uscirne.

Fu un'amica a spedirle via e-mail il racconto che la guarì. Il racconto aveva per titolo *Uccidere un bambino* ed era stato scritto da Stig Dagermann, uno scrittore svedese morto suicida a trentun anni, e raccontava la stessa storia occorsa a lei, proprio la stessa. Che un individuo sperduto in qualche punto del tempo e dello spazio avesse potuto provare la sua stessa disperazione trasformandola in un'opera d'arte era una cosa inimmaginabile – eppure era vera. Da quel momento Monika cominciò a leggere, leggere senza fermarsi più, e tanti anni dopo questo amore la condusse a Parigi.

La letteratura predilige le donne che baciano la mano agli uomini, ripeteva Monika camminando. La letteratura fa bene, sana le ferite non per le sue virtù ma per la sua crudeltà, oppure per la sua impudicizia. Fa bene perché fa piangere o arrossire.

Conoscendo la sua vicenda umana, il professor Balard aveva scelto lei per il gioco letterario di quell'anno: creare una storia sullo stesso tema. Era nata così la vicenda della dolce Marcela, dei suoi lunghi viaggi in treno, delle sue illusioni testarde. Ma la sua storia sentimentale un po' piccante si trasforma in un destino quando Justine, la stessa amica che gli aveva aperto le porte della gioia, per un incomprensibile capriccio degli dèi decide improvvisamente di chiuderle.

Poi Balard aveva trasformato questa storia in una storia di fantascienza ambientata in un mondo lontano dove la vita e la letteratura sono invertite rispetto a noi, e occupano l'una esattamente il posto dell'altra. Ma è un viaggio difficile, che obbliga questo editore extraterrestre a chiedersi non più se una storia è bella oppure no, o se è vendibile sul mercato oppure no, ma soltanto che cos'è una storia, da dove nasce. I suoi concittadini leggono stupiti questo nuovo romanzo e si domandano che mondo dev'essere quello in cui ciò che per loro è vita si trova rinchiuso nei libri. La domanda di fondo è universale nel senso letterale della parola. Perché mai le storie nascono dal dolore, dalla fatica, e comunque da eventi fuori da ogni regola o giustizia? Perché le storie belle nascono da esistenze brutte? Perché un uomo che fugge è una tragedia mentre due uomini che fuggono sono una commedia? Perché tra l'uno e il due si scava un abisso così insuperabile?

Monika ricordò la lezione in cui, giunti a questo punto della storia, avevano deciso all'unanimità che i lettori extraterrestri più che godere della nuova storia ne sarebbero stati inquietati.

Tutti, dentro quell'aula, desideravano diventare scrittori, tutti avevano scritto racconti e romanzi e tutti sognavano un contratto con Gallimard o Grasset o Fayard o Minuit. Nel loro romanzo di gruppo tutti amavano l'avvenente Marcela, ma poi si identificavano con la perfida Justine e con la sua vita da giovane moira. Eppure tutti, al momento della domanda di Balard – "Allora, questo amore sarà felice o infelice?" –, avevano risposto in coro infelice, e alla successiva domanda del professore – "Perché?" – una ragazza dai capelli rossi si era alzata per prima e aveva dichiarato: "Perché la felicità dissipa, mentre l'infelicità raccoglie." "Ma voi dunque desiderate per voi stessi l'infelicità?" aveva replicato Balard. Dopo un breve silenzio, un ragazzo nuovo, dal fondo dell'aula, intuendo il tranello che si nascondeva nella domanda, aveva risposto così: è banale tutto quello che non si intona con il resto. Niente è banale in sé.

Si chiamava Bernard e scriveva solo racconti erotici.

Quella notte Monika avrebbe fatto un sogno. Avrebbe sognato di trovarsi in una sterminata prateria piatta, con il sole a picco e un unico pensiero in testa: attraversarla, andare dall'altra parte. E una grossa lucertola gialla le diceva che, per attraversarla, doveva prima trasformarla in un'immensa città con i suoi palazzi, le sue vie, i suoi viali, i suoi monumenti storici, gli edifici pubblici, le case di abitazione, le chiese, le moschee, le scuole, i negozi, i bar, i ristoranti, i semafori, le automobili e tutto il resto, e avrebbe dovuto costruirla da sola, e solo alla fine di quest'opera, camminando per le strade di questa città, l'avrebbe attraversata, e in questo modo avrebbe attraversato la sua prateria.

Ma al momento presente mancavano ancora diverse ore a quel sogno, e Monika camminava lungo Boulevard Saint-Germain pensando al professor Balard e al nome di sua moglie. E benché il professore sostenesse che la letteratura è figlia di un desiderio cieco e insensato, e che nella letteratura non esiste nessun Dio, nessuna salvezza, ma solo questo procedere dettato da una spinta vitale altrettanto incomprensibile come la crescita della gramigna o la caduta degli asteroidi, e che in letteratura non esiste più distinzione tra vero e falso, buono e cattivo, utile e inutile, ebbene, nonostante tutto questo anche per lui il nome di Helène non poteva essere privo di senso, e ritrovarlo dentro un racconto non era nemmeno per lui una cosa del tutto indifferente, non era in altre parole una cosa tra le cose.

Non si può falsificare tutto, pensò. Quasi tutto, questo sì, ma non proprio tutto.

In fondo, lei era stata salvata dalla depressione e dalla voglia di morire, di non esistere più, e non era stato un angelo a salvarla ma un racconto scritto da un disperato suicida. Dunque anche nella letteratura si può trovare un po' di salvezza.

Monika non poteva però immaginare che, a non più di duecento metri da dove si trovava lei, ossia tra l'Institut du Mond Arabe e la Grande Mosquée, seduto a un tavolino esterno del dimesso bistrot di Rue Jussieu, Henri Balard pensava pressappoco alle stesse cose. L'astuccio con l'anello, che per mesi era rimasto chiuso a chiave nel suo cassetto personale, in università, sonnecchiava ora nella sua tasca, indifferente al proprio destino. Sul telefono cellulare c'erano due messaggi di Laure, dopo mesi di silenzio. Il primo parlava del pranzo alla Coupole, dove lui aveva risposto che non sarebbe andato. Allora lei gli aveva mandato il secondo, quello vero. Ho bisogno del tuo parere su una cosa, vieni da me uno di questi giorni? Traduzione: ho voglia di scopare con te. Laure portava sulle spalle l'eredità di un passato nobile, ma questo passato si era ridotto a un guscio vuoto, e Laure era una francese come tutte, con le opinioni di tutte, i pensieri di tutte, gli slanci, l'irrazionalità e le paure di tutte. Potevi parlare con loro di Sessualità e Desiderio, di Lacan o Kristeva ma nessun tratto veramente personale spuntava da quelle parole.

Eppure lui le voleva bene. Non la sopportava però le voleva bene. Sarebbe andato da lei, avrebbe scopato con lei e forse le avrebbe regalato l'anello. Questo non avrebbe fatto altro che rinviare ogni possibile soluzione dei suoi problemi, e scopare con lei non avrebbe aggiunto nemmeno un grammo di affetto, e forse anzi avrebbe tolto qualcosa. Ma ciò nonostante Henri sapeva che ci sarebbe andato lo stesso.

Poi però il pensiero corse a Helène, alla sua vita triste per la quale aveva trovato una sola soluzione, quella di non pensarci più, di vivere giorno per giorno. Helène faceva la segretaria del direttore di una ditta produttrice di serramenti speciali. Tutte le mattine uno di loro due portava Fifi al nido. Quando toccava a Henri il tragitto da casa all'asilo diventava una miniera inesauribile di stimoli intellettuali. Fifi aveva una sua filosofia: sosteneva che quando lui chiudeva gli occhi tutto il mondo scompariva e nessuno poteva vedere più niente. Per ogni rumore senza parole corrispondenti aveva coniato una parola. Non solo l'automobile faceva *bbbrrrummm*, ma il motorino d'avviamento faceva *tar-sesesesesen*. La trottola che girava faceva *gliero gliero*, e i cazzotti in faccia – che erano il fattore-chiave per decidere se un film era bello o no – facevano *céc*, mentre chi li prendeva cadendo a terra faceva *blac*. I gatti non facevano soltanto *miao*, ma anche *gnarrau*, *unguao*, *m-gnèc* e diversi altri versi, che ovviamente corrispondevano ad altrettante precise parole. Dilemmi: l'ambulanza fa *piii-pooo* oppure *niii-nooo*? Inoltre, non si sa perché (ma proprio questo era il bello) Fifi sosteneva che quando faceva sera e apparivano le stelle in cielo si sentiva (ma chi la sentiva?) una musica che faceva *plum-plum-plum* (Henri la interpretò come un pizzicato d'archi). Per finire, da dietro il colmo del tetto di fronte, specialmente quando si trovava in camera da solo, Fifi vedeva spuntare le orecchie appuntite di un lupo o di un felino tipo lince, mentre i chiodi a cui erano appesi i quadretti di Babar si trasformavano in insetti che, mezzo imprigionati dietro la cornice, facevano ogni sforzo per liberarsi.

Ma quando toccava a Helène accompagnare il bambino, cosa si dicevano? Henri non osò mai chiederlo né a lui né a lei. Se Fifi era il nome che si era dato da sé e lei qualche sera prima gli aveva detto che tra poco sarebbe stato grande e il suo nome sarebbe stato Philippe, cosa poteva succedere durante quel viaggio tra due menti così lontane?

Lo legava a Helène un sentimento di tenerezza. I pochi racconti a tavola, la sera, avevano per protagonisti qualche fatturazione, un bilancio preventivo, le intemperanze di qualche cliente. Lui attraversava la galassia ogni giorno (così è la letteratura), mentre lei cosa attraversava? Si era vantato, ai tempi, di amare una donna che apparteneva a un altro ambiente, una donna normale in una città in cui un cultore della letteratura poteva legarsi come minimo a una psicologa di fama, o a una valente traduttrice, e un docente universitario a un altro docente. Lui, non si sa perché (forse per reazione alla fama del prozio), aveva voluto fare diversamente. Ma alla resa dei conti si era trattato di una buona idea? Nel mondo globalizzato le sole differenze sono di casta o di censo, inutile combattere questo stato di cose in nome di una fede o del Libero Pensiero. Qualunque fede o nonfede professiate non farà che collocarvi al gradino più basso della vostra casta, ma non vi trasformerà mai in qualcosa di diverso.

Nel frattempo gli venne portato il conto, pagò e riprese la strada per Quai Saint-Bernard. Fu a quel punto che vide Monika transitare in lontananza da Saint-Germain verso la Senna. Fu tentato di chiamarla, di sicuro le avrebbe fatto piacere, poi cambiò idea, anzi rallentò il passo per non rischiare di raggiungerla.

Anche le giornate di Monika erano illuminate, un tempo, dalla presenza di un altro Fifi, poi questa luce le fu spenta con spietata brutalità: da chi? Dal caso, lo stesso caso che a lui, viceversa, aveva fatto dono di quella piccola meraviglia. Eppure, ecco una cosa strana: lei dopo la morte del fratellino aveva perso ogni speranza, ma era stata guarita dalla lettura di quello spaventoso racconto, lo stesso che lui, viceversa – lui che poteva godere ogni giorno del suo bambino bello, sano, allegro e grassottello –, non poteva leggere senza scoppiare a piangere e senza pensare che l'universo è soltanto un mucchio di atomi che si aggregano e si disgregano per opera del caso, unico dio della cui esistenza nessuno può dubitare.

La verità era questa e soltanto questa, e Balard si sarebbe potuto acquietare nell'idea se l'antico gaulois che c'era in lui non si fosse sempre ribellato, rifiutandosi di pensare che il mondo fosse alla fine così banale. Da bravo francese riteneva che, come diceva sempre il vecchio prozio, o Uomo Giallo, la complicazione potesse se non altro aiutare gli uomini a evitare la stupidità e i soprusi del potere.

E fu forse quest'ultima amarezza, mista all'humour del suo terribile congiunto, a far nascere in lui, una volta salito in macchina, un'idea come non ne aveva da diversi anni. La porterò fuori a cena, pensò – riferendosi però non a Laure ma a Helène: andremo dalle parti dell'Etoile, o in Rue Oberkampf, o meglio ancora alla Butte (aux Cailles), oppure ma sì, alla Coupole, come sempre, come piace a lei, alla Coupole dove non ho mai visto gente triste.

Telefonò prima alla Coupole per prenotare, poi alla babysitter e, quando fu a casa, pregò Helène di mettersi un vestito grazioso perché la babysitter stava per arrivare e loro quella sera avrebbero cenato alla Coupole. Helène avrebbe potuto dire che la cena era già quasi pronta e che aveva del lavoro arretrato da sbrigare a casa, oppure chiedere con sarcasmo cosa ci fosse da festeggiare. Henri se lo aspettava, e aveva già preparato gli argomenti per rispondere, ma non ce ne fu bisogno.

Alla Coupole Helène ordinò del *foie gras*, del *magret de canard* all'arancia e una vellutata di fragole, mentre lui si accontentò di una bistecca con patate fritte e di una fetta di *millefeuille* alla vaniglia. Bevvero Chardonnay australiano, e fu Helène a scegliere il vino dicendo che per una serata così bizzarra era necessario un vino che fosse perlomeno un po' esotico.

Tra il dessert e il caffè Henri mise sul tavolo l'astuccio blu con l'anello. Helène non lo toccò.

"Che significa?" chiese.

Henri rispose che non lo sapeva, ma che glielo voleva regalare ugualmente. Allora Helène prese l'astuccio, lo aprì, tolse l'anello dal supporto e se lo provò, stendendo la mano davanti a sé per vederlo meglio, e alla fine disse che nemmeno lei sapeva perché, ma lo accettava.

In quel preciso momento, Laure sedeva sul letto delusa perché Henri non aveva risposto al suo messaggio, così avrebbe dovuto programmare diversamente la sua notte, mentre Monika passeggiava non lontano da lì, lungo il Jardin du Luxembourg dove aveva passato la maggior parte della giornata e poi in Rue Vavin e in Notre-Dame-des-Champs, dove c'era un acero (era un acero?) che amava perché si slanciava fuori dall'angolo un po' angusto dove era stato piantato: tutto questo sempre tenendo il braccio del suo Karim, un giovane matematico tunisino alto quasi due metri, che la ascoltava mentre lei parlava e parlava senza interruzione, mescolando storie importanti, aneddoti, riflessioni, sogni, letteratura, alberi in un flusso compatto di cui Karim distingueva soltanto il suono.

Da parte sua, in quello stesso momento Fifi tormentava come ogni volta la babysitter con i suoi dilemmi filosofici. Le automobili più veloci, come le Ferrari e le Porsche, sorpassano tutte le altre, e questo è normale, altrimenti perché le avrebbero costruite? Inoltre, se sono le più veloci, lo sono sempre, anche quando sono ferme. Di due automobili ferme si può dire che una è più veloce dell'altra? Certamente. Anche da ferme perciò le automobili più veloci devono stare davanti alle altre. Da principio, Fifi tentennò: era davvero possibile che una Porsche ferma fosse ferma esattamente come tutte le altre automobili ferme, per esempio le Renault? Forse, sia pure in modo impercettibile, una Porsche si muove anche da ferma. Poi pensò al suo padrone che usciva di casa la mattina dopo e non la trovava più, perciò modificò il proprio pensiero. Prudentemente, concluse che in tutti i casi non si può parcheggiare una Ferrari dietro una Renault Clio, perciò nella fila delle auto parcheggiate le Ferrari e le Porsche staranno davanti, non può essere diversamente. La babysitter obiettò che una persona dovrebbe cercare di parcheggiare la propria automobile, fosse anche una Ferrari, il più vicino possibile a casa propria, meglio ancora – se l'automobile è molto bella – dentro un box. Ma Fifi ascoltò le parole della babysitter niente più che con degnazione, trovandole del tutto incongrue rispetto al complesso ragionamento che stava tentando di costruire.

Nessuno, tranne forse lui stesso e l'editore extraterrestre, poteva immaginare che Jean-Philippe Balard, per sempre Fifi per il padre, sarebbe diventato, di lì a nemmeno trent'anni, il più importante filosofo francese della sua epoca, e che il suo *Stravaganze* sarebbe stato tradotto in venti lingue e discusso in tutte le università del mondo.

4. L'ultima casa prima della prateria

I due fratelli dormivano nel capanno da almeno due ore quando un lampo illuminò tutto e lo schianto vicinissimo di un fulmine li fece balzare in piedi. Avevano aspettato questo momento per ventisei settimane, l'ultima poi era stata un'agonia, con quel vento secco come un foglio di carta. Dentro il secondo capanno i cavalli nitrivano impauriti. Matt prima di aprire la porta si accese una sigaretta, poi mentre suo fratello usciva sotto la tettoia rimase sulla porta a guardare i pochi metri di prateria illuminati dalla luce dell'ingresso. Una sonagliera pazza appesa da qualche parte tintinnava, agitata da un vento sempre più impetuoso che ululava echeggiando in mezzo a montagne che si trovavano a una ventina di miglia da lì, e radeva l'erba al suolo e sapeva di elettricità. Donovan, il fratello maggiore, camminava davanti a Matt, su e giù, su e giù, come se avesse una batteria elettrica nella schiena. Pochi minuti più tardi, un secondo tuono sembrò riscaldare l'aria all'improvviso, e in quell'istante le nuvole invisibili si aprirono e uno scroscio possente cominciò a cadere, sempre più intenso, mentre il vento cessava di soffiare. Da sotto la tettoia, Donovan e Matt osservavano quel muro d'acqua, che respingeva indietro la luce cancellando ogni traccia della prateria. Questa baracca, pensò Matt, potrebbe essere l'ultima cosa rimasta sulla faccia della terra. Donovan era felice. Era ora, accidenti, pensava, sempre che adesso non ne venga giù così tanta da trasformare la valle in un fiume. Donovan era un uomo buono ma nervoso, sempre preoccupato che tutto andasse come doveva, e sempre deluso perché in realtà niente andava mai così. Un altro tuono risvegliò i nitriti dei cavalli, Matt sorrise. Mise una mano sotto l'acqua e sentì che era tiepida. La pioggia spingeva verso di loro un soffio caldo d'aria terrosa, e alcuni schizzi delle gocce che rimbalzavano sulla polvere finivano sul fondo dei loro calzoni.

Donovan non era solo il fratello maggiore di Matt, era anche il suo tutore. Il giudice gli aveva detto di portarsi via quel disgraziato, che andassero dove volevano ma provate solo a rimettere il culo in questa contea e saprete chi è John P. Adams.

Il guaio era che Matt, in seguito, combinò ancora diversi pasticci, fino ad arrivare a qualche giorno prima di quella notte quando uccise un uomo, Rich "Ricky" Scott, il marito cocainomane di Donna Burns.

Matt a quel tempo aveva ventisette anni, Donovan trentacinque. Sei vecchio, lo canzonava Matt, però doveva stare attento perché Donovan era più forte di lui.

L'uomo era stato seppellito dietro la baracca. A nessuno dei due importava una cicca dell'uomo, ma c'era un guaio, che lì dietro si vedeva la terra smossa di fresco, e se qualche poliziotto o cose simili fosse venuto per domandare e poi si fosse fatto un giro intorno all'edificio se ne sarebbe accorto. E sarebbero venuti senz'altro, perché l'eliminazione del pick-up di quell'idiota non era stata realizzata alla perfezione.

Matt aveva già deciso che, in questo caso, avrebbe ucciso anche il poliziotto, sebbene questa cosa gli dispiacesse, e pregava affinché non succedesse. Matt aveva davanti a sé una vita che avrebbe potuto essere molto breve ma anche troppo lunga, e già un buon numero di possibilità erano state bruciate. Per fortuna questa pioggia avrebbe nascosto le tracce del seppellimento.

Era un uomo fastidioso, Scott. Era venuto a lamentarsi perché, secondo lui, Matt non gli aveva aggiustato bene la motocicletta.

"Senti che rumore," diceva.

"Basta stringere una vite," rispose Matt.

"Una vite? Lì dentro ci deve essere tutto il sacchetto con le tue maledette viti. Il mio motore non ha mai fatto così schifo."

"Sono un bravo meccanico," disse Matt.

"Ha ragione," confermò Donovan, mentre arrivava con la birra, "non ti devi permettere: Matt è sempre stato un bravo meccanico."

Ma siccome Rich insisteva perché rivoleva indietro i soldi e diceva che se non li avesse riavuti, e subito, si sarebbe rivolto al giudice, Matt lo uccise cacciandogli nella pancia una forca a due denti che doveva trovarsi appoggiata alla parete di legno da almeno duecento anni. Uno dei due denti trafisse dritto il cuore.

"Vado a lavarmi," disse Matt, e si buttò sotto la pioggia, saltellando e ripetendo a Don che sarebbe piaciuto anche a lui.

"Vieni, Don!"

"Tu sei scemo, come farò con te?"

Matt non ascoltava né suo fratello né nessun altro. Aveva la testa troppo piena di qualcosa perché ci entrassero le parole o i sentimenti di qualcun altro. Qualcosa come del polistirolo, del poliuretano, oppure del sughero, qualcosa che riempie e non ha altro scopo a parte quello di impedirti di pensare. Da ragazzo a scuola prendeva voti alti, e gli sarebbe piaciuto andare all'università se fin da quando aveva sedici, diciassette anni non avesse cominciato a combinare guai a ripetizione.

"Gli psicanalisti andrebbero a nozze con una storia come la tua," gli diceva Don nella sua parte di tutore.

"Ci penseremo nella prossima vita," rispondeva Matt.

Esistono problemi solubili e problemi insolubili, pensava Don, e quello di Matt era insolubile.

Dopo altre due ore il cielo era pieno di stelle e faceva freddo. La prateria invece doveva essere piena di insetti e altre cose da mangiare e di animaletti che mangiavano e di altri animali più grossi in agguato per mangiare gli animaletti che mangiavano. Matt e Donovan sedevano fuori dalla tettoia e fumavano.

"Domani andiamo a controllare," disse Don.

Il loro padre, quando era vivo, faceva il venditore di pneumatici e non se la passava male. La loro madre si chiamava Gail e un tempo aveva cantato in qualche locale, ma quella vita non doveva piacerle tanto visto che poi aveva sposato un gommista. Una storia normale fino al giorno in cui i due vecchi, mentre in macchina attraversavano una zona molto arida, trovarono un cane abbandonato sulla strada e decisero di regalarlo a Matt per il suo compleanno. Era un bel cane dal pelo grigio rasato, di taglia medio-grande, incrociato forse con un pointer o un bracco, era snello e in buona forma fisica ma tremava tutto come se i suoi occhi avessero assistito allo sbarco di un'astronave aliena. Dovettero sollevarlo di peso e poi avvolgerlo nella coperta che tenevano sempre in macchina.

Poiché mancava ancora un mese al compleanno di Matt decisero di tenerlo nascosto nella baracca detta "di nessuno", un vecchio edificio destinato al deposito degli attrezzi divenuto inutile dopo che ne era stato costruito uno nuovo più grande.

"Qui nessuno mette piede," disse il vecchio.

"E se abbaia?"

"Ci sono tanti cani qui in giro. Vai a sapere."

Dopo il compleanno di Matt avrebbero bruciato la baracca, che si trovava sulla loro proprietà, e usato l'area per fare una cisterna nuova. Se ne parlava da tempo la sera, anche con i ragazzi.

Una notte il vecchio Jeff non riusciva a dormire. Erano i primi di giugno e l'aria toglieva il sonno. A un certo punto gli sembrò di sentire dei mugolii o qualcosa di simile, ma per qualche minuto pensò che fosse la sua immaginazione, oppure un acufene come gli aveva detto il dottore. Poi si alzò per andare in bagno e dalla finestrella sempre aperta del bagno sentì quello stesso mugolio più distintamente. La baracca era abbastanza lontana ma il vento veniva da quella parte ed era possibile dunque che il cane si stesse lamentando per qualcosa.

Quando uscì dal bagno Jeff vide il fantasma di sua moglie nel corridoio.

"Fammi entrare," disse.

"Io vado a vedere il cane."

"Il cane?"

"Gail. Ssst. Senti questa specie di lamento?"

La donna tese l'orecchio e disse che le sembrava di sentire qualcosa, sì, c'era qualcosa, qualcosa che però più che lamentarsi soffiava e scricchiolava.

Non hai ancora cinquant'anni, pensò il vecchio, e sei già rimbambita.

Gail decise di andare con lui. Jeff le disse di mettersi la vestaglia pesante.

Usciti nella notte attraversarono il vasto spiazzo per raggiungere la baracca. I guaiti provenivano proprio da quella parte.

Man mano che procedevano qualcos'altro oltre i guaiti cresceva nell'aria.

Uhm. Odore di gasolio, disse il vecchio.

Disse che bisognava eliminare anche il vecchio gruppo elettrogeno, che un tempo si metteva in funzione da solo quando la corrente se ne andava, di solito a causa di un temporale, ma adesso procurava più danno che utilità.

"È uno schifo, un vero schifo," disse ancora il vecchio, e queste furono le ultime parole prima di entrare nella baracca.

Quando però furono vicino al cane e Jeff, accesa la torcia elettrica, constatò che stava dormendo, capirono che non era il cane a mugolare.

Ma era troppo tardi. Una luce fortissima si accese all'improvviso, attraversando gli interstizi tra le assi mal sistemate. L'aria divenne in un istante insopportabilmente calda, il fumo cominciò a penetrare, e tutto ciò che di umido poteva esistere si seccò all'istante.

I mugolii intanto si erano trasformati in grida di esultanza, e quando la baracca cominciò a crollare diventando cenere, e il fuoco dominò tutto quello che c'era dentro il suo perimetro, solo allora Don uscì di casa, attraversò lo spiazzo di corsa proprio nell'istante in cui una parete della baracca crollava quasi disintegrandosi, e dentro vide i cadaveri di sua madre e di suo padre e quello del cane avvolto nella vestaglia pesante della vecchia, mentre Matt danzava a piedi nudi, masturbandosi, e non capiva quello che era successo, anche se a farlo succedere era stato proprio lui.

Quello che uno psichiatra si sarebbe potuto domandare, se al processo ci fosse stato un vero psichiatra e non Alfred McKinney, che si spacciava per psicologo e invece di studiare davvero si era accontentato di fare da consulente al tribunale della contea, era se un atto come quello avrebbe potuto comportare conseguenze anche peggiori.

Matt fu infatti considerato non colpevole della morte di Jeffrey e Abigail Kocinsky, e fu un giudizio giusto. La disperazione di Matt, che non smetteva di piangere, rimase nella memoria di tutti, compresi i poliziotti di guardia alla porta del tribunale.

Ma Donovan sapeva già che le conseguenze ci sarebbero state, e quali conseguenze. La sentenza ovviamente non servì a Matt per convincersi che lui non era l'assassino dei suoi genitori. Spesso un'assoluzione si trasforma nella più geniale e crudele delle condanne – o almeno questo fu ciò che accadde a Matt, che da quel momento, senza rendersene conto, divenne quello che pensava di essere, dando volontariamente l'addio a tante cose che amava fare, e che avrebbe potuto benissimo continuare a fare perché per la giustizia americana lui non era niente più che una testa calda, uno che con gli anni e qualche ceffone si sarebbe trasformato in un bravo cittadino.

Matt amava tante cose, voleva diventare un medico, un musicista e uno scrittore. Suonava magnificamente il dobro, scriveva racconti ambientati in posti lontani come l'Italia, New York o Parigi, dove non aveva mai messo piede, e aveva letto diversi libri di medicina e sapeva riconoscere una malattia guardando in faccia una persona che magari si considerava sana (in questo modo aveva salvato uno zio da una polmonite asintomatica). Inoltre essendo molto bello faceva innamorare tutte le ragazze, soprattutto quando cantava accompagnandosi con il dobro.

Sarebbe potuto diventare tante cose, invece uccise suo padre e sua madre e da quel momento, a ragione o a torto, diventò una persona cattiva, feroce, del tutto incapace di dominare i propri istinti.

L'erba della prateria era tutta un frusciare, il cielo era punteggiato di voci non ben riconoscibili di uccelli. Ogni tanto si sentiva anche il verso di qualche animale che non era un uccello, poteva essere una lince o un gattaccio simile a un ocelot o a una lince.

"Di quello stronzo," disse Matt all'improvviso, "ti dirò che non m'importa."

"Che strano..."

Don vide la sigaretta di Matt illuminarsi, segno che stava tirando una boccata più lunga, quella che precedeva un pensiero.

"Di lui no di certo. Ma m'importa di altre cose. Per esempio mi rode di non essere riuscito a fare il meccanico. Per fare il meccanico occorrono sensibilità e fantasia."

"Non pensavo."

"Ma di altre cose m'importa ancora di più."

Donovan fumava la sua sigaretta. Aveva anche lui i suoi pensieri, e il primo di questi pensieri era di lasciare prima o poi Matt al proprio destino e sposare finalmente Audrey, che lo aspettava da due anni.

Don era diverso da suo fratello. Tutte le mattine lui prendeva la Dodge – la stessa che era stata dei suoi vecchi e che lui aveva visto scintillare quella notte e pieno di sonno com'era si era perfino soffermato ad ammirare prima di rendersi conto che rifletteva il bagliore di un incendio – e faceva venti chilometri da W., dove abitavano ai margini della prateria, fino a M., dove lui lavorava in un grande supermercato come supervisore del reparto ortofrutta, un lavoro di grande responsabilità molto ben pagato. Proprio nel centro di M. Audrey aveva un negozio di abiti ricamati, sciarpe camicette e guanti, e guadagnava bene. Donovan sarebbe andato a vivere nella casa di lei e tutto sarebbe andato a gonfie vele se non ci fosse stata questa storia del giudice. Ma cazzo e ancora cazzo.

"Non vuoi sapere di cosa?" disse Matt.

"Ti ascolto," disse Don.

"M'importa di Mary. Le ho fatto del male."

"Mary sta a mille chilometri da qui, perché ti metti a parlare di lei?"

Mary era una ragazza conosciuta per caso nell'Est, a L., una sera in un bar. Nessuno aveva capito come mai si trovasse lì. Matt si era messo a parlare con lei e da quel momento qualunque fosse la compagnia che l'aveva portata lì adesso quella compagnia non esisteva più. Matt impazziva per quello sguardo interrogativo, come se Mary fosse scesa in quel momento dalla luna, e faceva la sola cosa che sapeva fare quando si sentiva ferito da qualcosa, cioè continuava a parlare. Donovan si trovava a una decina di metri ed era preoccupato perché Matt era il tipo che non poteva portarsi a letto una ragazza senza prima averla fatta innamorare. Era il solo modo che conosceva per potersele scopare. Si trovavano a L. per un lavoro importante per conto del suo direttore e Don aveva avuto la cattiva idea di portarsi dietro il fratello perché non lo riteneva in grado di passare una giornata intera da solo. Senza Matt sarebbe tornato quella sera, invece decisero di rimandare il rientro alla mattina dopo e di spassarsela in questa bella città piena di gente pacifica, a cui piaceva uscire la sera e camminare sul lungofiume illuminato.

Guardando suo fratello parlare con quella sconosciuta dallo sguardo dolce Don si pentì di averlo portato.

Quante ragazze avevano pensato, stando in compagnia con Matt, di non essersi mai sentite così a proprio agio? Mary rideva felice, e intanto Donovan si rodeva il fegato.

La mattina durante il secondo piatto di uova e salsicce Matt alzò la testa verso il fratello.

"Ohi, a proposito, ho dato a Mary il tuo numero di telefono."

Mary compose quel numero dopo quasi un anno.

"Sei Donovan, vero? Sono Mary."

Don capì immediatamente di chi si trattava. Ci aveva pensato per un anno.

"Dovrei parlare con tuo fratello. Si tratta di Steve."

"Chi è Steve?"

Mary non diede risposta.

"Tutto bene? Ti devo mandare dei soldi?"

"No, grazie, tutto bene. Volevo solo dirlo a Matt."

"In questo momento Matt non è qui. Glielo dico io, so come è fatto. Vedrai che ti richiamerà lui."

Invece erano passati tre anni e Matt non aveva più chiamato la madre di suo figlio. In quei tre anni Matt aveva passato la maggior parte del proprio tempo ubriacandosi. Era diventato ancora più violento, un niente bastava ad accendere la sua rabbia, e due volte fu condotto al comando di polizia, schedato, preso a ceffoni e poi rimandato a casa. La storia della morte dei suoi genitori era nota a tutti, ma era anche evidente che l'assoluzione non era servita a molto.

Eppure, se non fosse stato per Mary, Matt si sarebbe gettato sotto un treno e così l'avrebbe fatta finita. Se era vivo doveva ringraziare, o maledire, quella ragazza.

"Sai, Don, ho fatto una cosa," disse col viso rivolto non a Don ma al cielo stellato.

Don si voltò a guardarlo.

"Un'altra? Ne hai fatta un'altra?"

"No, ascoltami. Io di notte non dormo quasi mai. Tu credi che io dorma, invece sto lì e penso."

"A cosa pensi."

"Da un po' di tempo penso a una storia con dentro Mary. Una specie di romanzo. Ascolta bene. Due vecchietti vanno a un funerale. E camminano e camminano non si sa per quanto tempo, perché la persona di cui si celebra il funerale in realtà non è ancora nata."

"Ne hai di fantasia, balordo."

"Tante persone nascono, crescono, vanno a scuola. Ce n'è uno tra tanti, uno uguale a tanti altri. I *pancakes* con lo sciroppo, il burro di arachidi, il profumo del caffè, lo zaino a quadrettini. E i due vecchietti sempre a camminare. Dobbiamo fare presto, dice uno. Ma l'altro: mi fanno male i piedi. Questo ragazzo diventa grande e termina la scuola, poi comincia a lavorare, si arrangia in una falegnameria. Siamo non qui, siamo nel... nel Montana. Un giorno risponde esattamente a un quiz telefonico sulla sua radio preferita e vince un viaggio a New York. Ma intanto i vecchi camminano, camminano, sempre più lentamente ma senza fermarsi. Ma quando arriviamo? fa uno. Non manca molto, forza, dice l'altro. Il ragazzo, lo chiamerò Jim, va bene? Jim, dicevo, s'innamora della receptionist del suo albergo e siede tutto il giorno nella hall anziché visitare NY. Ascolta le sue telefonate: una su tre è con un certo Freddie. Appena ha un istante libero subito chiama questo Freddie. I due vecchi intanto camminano, camminano, e hanno la stessa età di quando sono partiti. Una sera Jim invita a cena la ragazza, di nome Olivia. Freddie intanto passa davanti al ristorante e, dentro, vede Olivia con uno sconosciuto. Stava andando da lei con un regalo, un piccolo anello. Potrebbe entrare e fare una strage ma Freddie non è il tipo, non è voglio dire un ragazzo violento, e cade in depressione. Il giorno dopo, quando Olivia lo chiama, lui non si fa trovare. Freddie vive in un cottage a cinquanta chilometri da NY. Olivia lo chiama e lui non risponde. Lo richiama e niente. Poi alla tv danno la notizia che un cottage è bruciato con una persona dentro. I due vecchi intanto camminano, camminano, e uno dice all'altro: non era lui il morto."

"E poi?"

"È finita. La storia è finita."

"Non ho capito niente. Finisce quando dovrebbe cominciare, che roba è?"

"Olivia è Mary, Jim sono io."

"E Freddie?"

"Freddie sono tutti quelli che hanno scelto la parte migliore della vita, e cercano di conquistarsela con il lavoro e il buon cuore, ma non l'avranno per colpa di quelli come me. Don, io li ho uccisi."

"Tu non hai ucciso nessuno."

"Io mi facevo una sega mentre loro morivano bruciati. È così che è andata, Don, smetti di fingere."

"Tu sei pazzo, Matt," gridò Donovan.

Si sentì un tuono lontano.

"E vuoi scrivere questa roba?"

"No, non voglio scriverla: mi basta che sia vera. Tutte le notti ci torno sopra, aggiungo un sacco di particolari, ne correggo altri, e alla fine mi sembra un po' più bella di prima. Sarà un bel regalo per Mary. Mi preparo alla cella. Mentre aspetto di morire cosa posso fare?"

Donovan cercò, da buon fratello maggiore, di alleggerire la situazione.

"Matt, ascolta," disse. "Capisco che dedicare un romanzo a una ragazza sia un gran bel regalo, anche se a me non piacerebbe, preferirei se mi regalassero un'automobile nuova prima che questo cesso mi lasci in mezzo al deserto. Comunque non discuto i gusti di nessuno. Penso però che non si possa regalare una cosa che esiste solo nella nostra mente. Io non dubito che la tua storia sia bella; ma se non sta scritta almeno sulla carta, o su un file, come può trasformarsi in un regalo?"

"Don."

In fondo alla valle, dritto davanti a loro, il cielo e la terra stavano ricominciando a separarsi. Era come se una grande mano benevola si sollevasse dalla schiena di un giovane animale dal manto morbido. Nel ceruleo uniforme che sarebbe diventato il cielo, qualcosa dello stesso colore, ma più denso, si muoveva, sembravano fantasmi invece erano falchi usciti a caccia.

Matt non smetteva di parlare.

"Don, io tutte le volte vorrei risarcire quelli a cui faccio del male, invece ne faccio dell'altro. Poi di notte tutta questa gente torna da me, si infila dentro il mio letto, qualcuno mi minaccia, qualcuno sta più sulle sue, ma insomma se qualcuno mi dicesse Matt, raccontami la tua storia, io che storia potrei raccontare? Che ho ucciso i miei? che mi facevo una sega mentre morivano? che ho messo incinta una ragazza e poi me ne sono fregato di lei e del bambino che nasceva? che ho ammazzato un uomo solo perché non gli era piaciuto il mio modo di aggiustare una moto? Dimmelo tu, Don: è questa la mia storia, la storia della mia vita? Per anni ho cercato il momento buono per togliermi di mezzo. Un colpo alla testa, pensavo che me ne sarei andato così. Niente impiccagione. Mi tiro un colpo alla tempia, dicevo."

Ma Donovan lo interruppe.

"Silenzio!"

Passarono alcuni secondi.

"Matt, tu hai sonno," disse Donovan. "Vai a dormire adesso. Andiamo a dormire."

Consultò l'orologio.

"Tra due ore devo partire, lasciami dormire un'ora, e dormi anche tu."

"Ma poi non mi sono ammazzato, perché secondo te?"

"Non me ne importa un cazzo, Matt. Me lo dirai."

Matt si alzò scuotendosi tutto quello che poteva esserglisi attaccato addosso. Vide sull'erba nel crepuscolo l'impronta del proprio corpo e di quello di Don.

Tu lo chiami Donovan, hai capito? aveva detto sul muso all'irlandese prima di spaccargli sulla testa la bottiglia mezza piena di birra. Quella volta se l'era cavata bene, perché quello si era alzato, barcollando e tutto pieno di sangue, e gli aveva tirato un gran cazzotto, così erano finiti tutti e due al pronto soccorso, guardandosi male.

Sia Matt che Don sapevano che, se non quel giorno di sicuro quello successivo, sarebbe arrivata la polizia a chiedere conto del morto. Abbiamo trovato il suo pick-up rovesciato nel letto del fiume, ma non si riesce a trovare il corpo: si chiamava Richard Scott e mi risulta che vi conoscevate, l'avete visto qui in giro per caso? Avete visto un cadavere camminare per la prateria? I morti hanno questa abitudine, qui. E poi – aggiunse Matt senza cambiare tono, che era quello di Bottom il poliziotto nero – sappiamo che non vi eravate simpatici...

In questo caso Matt avrebbe fatto qualunque cosa pur di scagionare Donovan: cosa impossibile perché Don sapeva tutto. Li avrebbe implorati, non fategli niente, uccidete me...

Cos'è questa cosa? aveva detto di ritorno da M., puntando l'indice verso quel rettangolo di terra fresca. E Matt gli aveva parlato, e allora lui aveva tolto della terra con le mani, fino a che il corpo di Ricky Scott non era affiorato, gli occhi e la bocca e il naso pieni di terra.

Quando fu sul letto, prima di addormentarsi, Don sentì un dobro suonare in lontananza. Anche per quelle due ore Matt non sarebbe riuscito a dormire. Non aveva paura della sedia elettrica: si chiedeva soltanto se prima di morire sarebbe riuscito a salvare Mary, il bambino e suo fratello. La triste musica del dobro, accompagnata dal canto strascicato di Matt, bussava alla finestra di Donovan producendo sogni.

Ma Matt non stava per morire, perché la moglie del defunto, Donna Burns (mai dire Donna Scott), non denunciò la scomparsa di suo marito, e questo per la ragione semplice che era sollevata, per non dire contenta, che se ne fosse andato all'inferno. Da dieci anni ormai era lei a dirigere l'azienda mentre tutto quello che Rich sapeva fare era sperperare il patrimonio di famiglia in cocaina e alle slot machine. Era arrivato a giocarsi perfino il ritratto della madre di Donna, al quale Donna teneva molto anche se lo aveva messo in solaio.

Sempre da dieci anni Donna aveva diversi amanti ma un solo amante fisso, Tim Desmond, un uomo piccolo e grasso che arrivava sì e no alla spalla di lei, e che lei usava come una specie di grimaldello per forzare l'orgoglio del marito.

Tim entrava in casa molto garbatamente, richiudendo la porta con cautela, appendeva il cappello all'attaccapanni e si slacciava le bretelle. Donna aveva un fisico forte e magro, gambe lunghe e possenti, poco seno, i capelli fieramente rossi e una gran fica fulva di cui andava fiera considerandola la cosa più bella che aveva. Non solo non aveva paura di dirlo a Rich in tutte le occasioni, ma ne provava piacere: lo sai che mi scopo (o mi sbatto) Tim Desmond, vero? Mentiva per umiliarlo: ce l'ha il doppio del tuo, così grande che non ce la faccio a fargli un pompino. Dio, che brividi quando comincia. Non era una donna volgare, era soltanto il suo modo per sottolineare il peso di un affare sbagliato.

Dargli del buono a nulla sarebbe stato quasi un complimento. Rich avrebbe capito che a una donna così occorreva qualcosa di più semplice, qualcosa di ragionevole e anche di gentile e non un ubriacone, insomma Tim Desmond, come no, proprio Tim Desmond. Questo, Rich poteva accettarlo. Ma che la scelta fosse dovuta alle misure dell'attrezzo, questo viceversa lo infastidiva molto e lo induceva a bere, giocare e tirare coca.

L'arpia voleva condurlo allo sfinimento, non che lo volesse morto: gli sarebbe bastato un lavoro in uno stato lontano, invece ci pensò Matt il mascalzone a risolvere tutto. Donna sospettò qualcosa fin da subito perché la sera prima suo marito non aveva fatto che bestemmiare contro quell'idiota che gli aveva aggiustato la moto, e sapeva che quel toro senza cervello l'avrebbe rincorso anche al polo nord pur di farsi restituire i suoi soldi, che poi avrebbe speso di nuovo in coca e slot e in puttane pagate per ammirare la sua virilità disfatta.

Donna pensò anche di ricattare i due fratelli, non per cattiveria ma così, per vederli qualche volta, ma Matt e anche suo fratello erano due spiantati, che sangue gli potevi succhiare. Bastava vedere in che baracca stavano, l'ultima casa della città, praticamente in bocca ai coyote e ai serpenti. Non c'erano soldi da quelle parti, questo era sicuro, eppure stranamente Donna non denunciò nessuno e anzi si tenne a distanza dal commissariato di polizia, perché le sarebbe dispiaciuto vedere Matt sulla sedia elettrica visto che Matt era un bel ragazzo, e anche Donovan era un bell'uomo. Tutti e due portavano la cravatta e avevano un bel modo di aprire e chiudere le porte: con eleganza, come se ci fosse sempre una dama da compiacere.

Desiderava portarseli a letto, ecco svelato il mistero. Prima il vecchio e poi il giovane, uno dietro l'altro, pensava nella sua fantasia fervida ma rivolta esclusivamente al sesso. Aveva una bella collezione di film porno, anche, e come tutti quelli come lei era convinta che ogni essere umano coltivasse le sue stesse fantasie, con la differenza che gli altri erano più ipocriti di lei.

Invece Matt poteva uccidere un uomo ma non aveva fantasie di quel tipo, e quando una ragazza gli passava accanto non si girava immediatamente per guardare come si muoveva, mentre a Donna sì, piacevano i culi degli uomini. Doveva averli palpati ben bene tutti, a W.: nessuna moglie poteva ritenere il proprio uomo al sicuro dalle lunghe mani di Donna Burns. E se Donna Burns non fosse stata anche la benefattrice di W., la dispensatrice di lavoro, la persona più influente della città, di certo le sarebbe successo qualcosa di molto spiacevole. Invece poteva camminare fiera per il centro di W., con i suoi cinquant'anni ben distribuiti nel suo metro e ottanta più i tacchi degli stivali, che lei teneva bene in vista, infilandoci dentro i calzoni, affinché il mondo sapesse (anche se lo sapeva già) che gran cavallerizza era.

Da lontano, con discrezione tutta femminile, senza darlo a sapere, Donna Burns proteggeva Matt. Invitava a cena il capo della polizia, scambiava con lui dvd pornografici e discuteva di politica, e il capo della polizia sapeva che quella donna conosceva meglio di chiunque altro nella contea cosa realmente fosse la giustizia americana. Come tutti a W., infine, Donna Burns conosceva la storia tragica di Matt e la sua discendenza da generazioni di criminali americani tutti uguali tra loro, la cui crudeltà non escludeva l'eleganza e perfino la finezza d'animo.

E conosceva anche ciò che Matt aveva di femminile, perché in tutti gli esseri umani c'è un po' di maschio e un po' di femmina, ed era (nel caso di Matt) una femminilità triste, dominata da un sentimento di abbandono che spesso risulta insuperabile anche per l'individuo più spregiudicato del mondo. E il pensiero di quella notte davanti all'incendio del capanno e di Matt ragazzino, nudo e pieno di foia davanti al rogo dei suoi cari genitori, le infondeva una pietà che nessun altro, tranne forse Don e il Padre Eterno, aveva mai provato per la sua vita disgraziata.

Pieno di sonno, Donovan guidava la vecchia Dodge verso M., dove pensava che avrebbe passato l'ultimo giorno di lavoro della sua vita. Questo era il film che si era fatto, perché lui non era come Matt, lui aveva la sua Audrey e una vita alla quale non aveva ancora rinunciato, con un giardino e poi dei bambini e poi le prime colazioni in casa con le frittelle e lo sciroppo d'acero e poi tutti a scuola. Per questo i suoi film erano cupi, e s'immaginava sempre il peggio: perché aveva una vita da perdere, insomma aveva una vita, e non la voleva perdere.

La notte prima aveva troncato il delirio suicida di Matt dicendogli che quelle cose non lo interessavano.

Ho recitato la parte dell'uomo concreto, pratico, dell'americano con i piedi saldi per terra, disse tra sé, ma era soltanto una maledetta recita, nient'altro che una maledettissima recita.

Una lacrima gli scese lungo i peli della barba che non aveva fatto in tempo a radersi quella mattina. Si vergognò, anche se non c'era nessuno, e cercò di pensare a qualcos'altro. Del carcere non aveva paura. Ricky Scott aveva avuto il suo, nessun pentimento e nessuna pietà. Le cose correvano troppo perché un uomo si potesse soffermare su quelle più difficili.

Il pensiero continuava a tornare verso suo fratello, che in quel momento, ci poteva giurare, stava dormendo. Il dobro riposava tra l'armadio e il tavolino con il computer.

Donovan la vedeva così. A suo parere Matt si sentiva come un condannato a morte, e tutte le sue azioni erano le azioni di un uomo che era già stato condannato.

Ma Don era diverso, Don in realtà non conosceva né sapeva immaginare la natura del Tempo così come si può presentare alla mente di un condannato a morte. Si chiedeva perché mai suo fratello passasse la maggior parte del tempo a pensare a quella storia pazza con i vecchietti che camminano e Jim e Freddie.

Perché mai Matt aveva bisogno di vivere tante vite, di diventare un bambino e poi una ragazza e poi due vecchi e poi qualche ragazzo ubriaco (ma non uno solo) e poi chissà quanti altri?

Perché voleva essere tutte queste cose?

Il bello, rise amaro, è che nella vita è un perfetto buono a nulla, capace solo di cacciare un forcone nella pancia di un idiota, di spaccare una bottiglia in testa a un tizio solo perché mi ha chiamato Don e di ingravidare una povera ragazza dell'Est.

Donovan guardava tutte queste cose come dal difuori, come se la sua casa e il suo giardino e i suoi bambini fossero già lì ad attenderlo e in qualche modo a proteggerlo (magari dopo due anni di prigione con scarcerazione anticipata per buona condotta) con i *pancakes* caldi, il burro di noccioline e il bricco fumante del caffè.

Ma in quel momento Matt, a differenza di quanto pensava suo fratello, non dormiva. Disteso nel suo letto, al buio, aspettava l'arrivo della polizia.

Vi porto io sul posto, seguitemi.

Avrebbe detto così.

Nell'attesa non smetteva di ritoccare il suo romanzo mentale. Nella sua vita aveva conosciuto un solo scrittore, in una libreria di Denver. Era andato per acquistare una guida della città ed era incappato nella presentazione di un libro.

L'autore era un uomo pio, che frequentava la chiesa. Con sua sorpresa, quest'uomo gli disse che l'attività di uno scrittore è completamente senza dio, che è solo una spinta selvaggia e cieca, come quella sessuale, e non ha rispetto per nessuno e nemmeno per se stessa, e un solo pensiero la imprigiona, il pensiero della morte, che metterà fine alla sua corsa del tutto casuale, e perciò è temuta ma anche desiderata.

"In che senso, allora, tu credi in Dio?" gli aveva chiesto Matt.

"Proprio per questo io credo in Dio," era stata la risposta.

Ma lui non poteva capire questa risposta, perché per lui la vita era soltanto un cuore che batte e che un giorno smetterà di battere, e tutto questo non gli ispirava nessun pensiero religioso.

E poi c'era Mary.

Dallo Starbucks o dal McDonald's dove pranzava tutti i giorni, a M., in attesa del caffè Donovan domandava permesso ai suoi colleghi di lavoro o ai compagni occasionali, e andava a telefonare.

Telefonava sempre ad Audrey, e una volta alla settimana anche a Mary.

Audrey avrebbe potuto essere la figlia di Donna Burns: alta, sottile ma forte, aveva perso il padre a dodici anni e da quel momento, essendo la primogenita di cinque fratelli, si era sentita investita del ruolo di padre putativo. Audrey amava i rodei e le corse in mountain bike, sapeva cavalcare alla perfezione ma (almeno in un caso) sapeva anche sedurre un uomo.

“Quando ti ho visto per la prima volta,” diceva al suo Donovan, “ho capito che dovevo mettercela tutta.”

Questa era per lui la frase più dolce che una bocca umana avesse mai pronunciato.

Per Audrey, Don avrebbe fatto qualunque cosa, salvo abbandonare Matt al suo destino. Audrey lo sapeva, ma voleva bene lo stesso al suo uomo e non pretendeva che si fermasse sempre da lei a dormire.

“Donovan?” diceva Mary rispondendo al telefono. Avevano convenuto di sentirsi tutte le settimane alla stessa ora.

Mary era una ragazza in gamba. Faceva la ricercatrice nel laboratorio di biologia di un grande ospedale e il direttore le aveva già rinnovato il contratto. Il camice bianco la dava un’aria sexy e questo la obbligava ad arrossire spesso quando una collega (lì dentro erano quasi tutte donne) glielo faceva notare. Perché lei non cercava avventure, anzi a dire il vero non cercava niente: a differenza di Don e di Audrey non sognava nemmeno una famigliola tutta sua, non desiderava caffè né burro di noccioline ma solo un po’ di pace per quel ragazzo.

Lo amava? Non lo amava? Non avrebbe saputo dirlo. Sapeva di essere importante per lui. Il bambino aveva quasi due anni ed era un gran birbante oltre che un pagliaccio di prim’ordine, e sarebbe piaciuto a Matt, di questo era sicura.

Oltre al laboratorio, Mary teneva un blog dove si parlava soprattutto di cura delle piante. La sua migliore amica, Laureen, sempre allegra, dopo aver studiato letteratura aveva aperto un asilo nido, dove Mary portava il piccolo tutte le mattine. Poi usciva con Laureen per un caffè, e questo a lei bastava, perché era una brava ragazza ma come molte brave ragazze non sognava di avere al proprio fianco un bravo ragazzo.

Laureen aveva studiato letteratura brasiliana. “Secondo lo scrittore Jorge Amado,” diceva all’amica mentre bevevano caffè in tazze uguali alle tovagliette e ispirate agli azulejos, “ogni donna ha bisogno di (almeno) due mariti, uno scavezzacollo fannullone esperto nelle arti erotiche e un farmacista tranquillo, ricco e senza troppi grilli per la testa.”

Ma è così?

No, non è così. Se gli uomini preferiscono le bionde, le donne preferiscono i biondi, questa è la verità. Chi sono i biondi? Mary lo sapeva bene. I biondi sono quelli pericolosi, quei bambini guasti (lo diceva in inglese, sembrandole che l’espressione francese non rendesse l’idea) che guastano tutto ciò che toccano, delle specie di re Mida all’opposto, che conoscono il proprio fascino e lo usano per sedurre e abbandonare, se ne fottono dei cuori infranti, delle vite infrante e volano leggeri di rovina in rovina, spensierati, e se qualcosa li ferisce nascondono la loro ferita fino a dimenticarla. Questi sono i biondi, e alle brave ragazze piacciono i biondi e non i bravi ragazzi.

Mary sapeva che Matt aveva questa ferita. Matt la amava perciò scappava lontano da lei.

“È un po’ strano,” disse Laureen.

“Oh no, è normalissimo,” rispose Mary.

Quella lontana notte, mentre facevano l’amore e una goccia di sangue prezioso cadeva sul lenzuolo, Matt parlò a Mary di un’altra notte, dell’incendio appiccato al capanno, della sua danza, e del grido che a un certo punto si era alzato, in mezzo al crepitio delle fiamme e agli schianti del legno prima seccato e poi arso: era un guaito altissimo di cane, esploso proprio mentre il tetto della baracca crollava e i suoi genitori erano già morti soffocati, e che non era il rumore del crollo ma di un'altra cosa.

Di quel grido incomprensibile Matt non parlò mai con suo fratello. Lo disse soltanto a Mary. Quel grido era la sua ossessione. Da parte sua Donovan non raccontò a Matt la storia del cane, così che soltanto Mary era a conoscenza di tutti e due i segreti, quello del cane e quello del grido.

"Non so se mi amava o se soltanto pensava di amarmi," disse Mary.

Lo ripeteva anche a Donovan, che voleva convincerla dell'amore di Matt.

"Non so se è amore," mentiva Mary.

Nel primo pomeriggio di quello stesso giorno, Matt sedeva a leggere sulla sdraio sotto la tettoia, e un leggero mal di testa annunciava l'arrivo del sonno, quando il rumore di una grossa automobile, probabilmente una Chrysler, ruppe il silenzio della piccola via residenziale adiacente la prateria, dove sorgeva casa sua. Matt non si scompose. Prima di pensare ecco, sono arrivati, riflettè sul fatto che la polizia della sua città non adottava le Chrysler.

In quel momento spuntò dal cancello sempre aperto il muso nero della Chrysler di Donna Burns.

La Chrysler si fermò poco dopo l'ingresso. Il ronzio del motore tacque restituendo un po' di canti a quel cielo mediocre. Donna lentamente scese dall'automobile, la chiuse, le luci di posizione lampeggiarono. Lentamente si avvicinò a lui, ma non in linea retta. Sembrava molto interessata a quello che la circondava, ossia alle due baracche, allo spiazzo sassoso e si può dire nient'altro, a parte i pali dell'alta tensione e il rosso dalla pompa del metano, che si intravedeva oltre la seconda baracca. Poi diede un calcio a un sasso, forse per mettere in mostra gli stivali.

Matt sedeva e continuava a guardare davanti a sé, come se non stesse accadendo niente, ma questo genere di commedie, questo modo di fare il duro non aveva nessun potere su gente come Donna Burns, di cui lui aveva ucciso il marito.

"Fammi vedere dove l'hai messo," disse.

Matt smise subito di fare il duro, si alzò e le disse di seguirlo.

"Davvero un bel posto," disse Donna Burns mentre girava intorno alla baracca, tra mosche e sacchi dell'immondizia.

Matt le mostrò il punto dove aveva seppellito Richard Scott: adesso la differenza tra terra mossa e terra non mossa si notava molto meno a causa del temporale della notte passata.

"Hai fatto un buon lavoro. Hai buoni muscoli," disse, toccandogli il braccio. "Fa' sentire."

"Adesso mi denuncerai?"

"Ah ah ah, che cacasotto, ma figurati," rispose lei, che quando rideva trasformava il suo viso di cavalla in qualcosa di bello, o quasi.

Donna scosse i rossi capelli crespi e lunghi, mai toccati da un colore artificiale.

"Adesso vieni tu dietro a me," disse, cambiando voce, incamminandosi dalla parte opposta a quella da cui erano venuti. Da quella parte c'era il cancello.

"Dove mi porti?"

"Alla macchina."

Matt non poté non osservare il passo regale, l'eleganza volgare ma prepotente di quel corpo a suo modo eroico, che non voleva cedere all'età. Donna indossava, oltre ai jeans e agli stivali di ordinanza, una camicia a quadri verde e ocra, il cui colletto usciva da sotto una giacca di maglia celeste chiusa sul davanti da bottoni dello stesso colore.

Giunti alla macchina, Donna aprì la portiera anteriore sinistra e diede una piccola spinta a Matt facendolo sedere di traverso, con i piedi sul terreno, poi gli si piazzò davanti. Lentamente sollevò la blusa, si slacciò i jeans e li calò fino ai piedi mostrando il rosa delle sue cosce e il nero delle sottili mutandine. Poi, dopo essersi rialzata, con calma abbassò anche le mutandine, liberando il rosso vivo, leonino della sua chioma puberale.

"Non mi toccare," ordinò Donna Burns. "Voglio solo che guardi, e che guardi bene."

Si avvicinò di un passo, finché la sua fica si trovò a meno di dieci centimetri dal naso di Matt, che intanto aveva cominciato a tremare.

"Guarda ancora, ragazzo. Guarda bene." E, allargando le gambe, si dilatò la fica con le mani, così che tutti i particolari risultassero ben visibili.

"Guarda," disse, "chi è la tua santa protettrice. Lei è la tua santa protettrice. Ricordalo sempre: lei – è la tua, santa, protettrice."

Poi, con la stessa calma, si risollevò le mutandine facendo attenzione che l'elastico non si arricciasse, e dopo le mutandine si sollevò i jeans. Con lentezza esasperante Donna se li abbottonò e riabbassò il cardigan con un gesto che non fu meno erotico di quello contrario.

"Adesso ti puoi alzare," disse.

Matt si rialzò a fatica, bianco come un fantasma. Le gambe gli tremavano, e un brivido gli attraversava il corpo gelato mentre laggiù era come se si fosse aperta una porta sul fuoco dell'inferno.

Donna Burns rideva, ma questa volta il suo fu un riso diverso, pieno di turbamento. Non doveva essere stato facile nemmeno per lei.

Poi, richiusa la portiera, Donna all'improvviso abbracciò Matt e lo strinse forte, fortissimo, la testa nascosta contro la spalla di lui, e cominciò a piangere, piangere a dirotto, e mentre piangeva crebbe lento e inesorabile il suo orgasmo, questa cosa che trasforma qualunque donna nell'imperatrice dell'universo, e gridava e gemeva un po' per l'orgasmo e un po' per il pianto, e quel gemere e gridare e godere somigliava al grido di una partoriente.

Anche Matt stringeva a sua volta Donna Burns, la stringeva e intanto sentiva – ma questo era secondario – il proprio seme scendergli lungo il pube, ristagnare un po' contro l'elastico degli slip e poi superare l'elastico e correre sicuro lungo la gamba, fino al ginocchio.

Spiegare quello che accadde, il senso profondo di questa scena, sarebbe troppo lungo. La cosa importante è che Matt lo capì perfettamente. Donna è una persona buona, disse Matt tra sé, quando fu di nuovo in grado di pensare.

Lo aveva capito bene, e adesso lo sapeva una volta per tutte.

I due per un istante si tennero per mano come due amici, poi si scambiarono un bacio sulla guancia, un sorriso ancora molto pallido e pieno di pudore, infine frettolosamente lei risalì in macchina. Matt si voltò verso casa mentre la Chrysler di Donna Burns faceva ancora marcia indietro.

5. Il metropolita Konstantin

L'incontro

Su Gennadj Gavrilovič Rybakov circolavano molte storielle. La più bella riguardava la volta in cui, sghignazzando, riferì al comando che qualcuno tra i membri dello stato maggiore aveva tra i soldati il nomignolo di "gallina".

Gli altri lo guardarono in attesa di una battuta, che arrivò immediatamente.

"Be'," disse, girandosi a destra e a sinistra, "vi garantisco che se qualcuno chiamasse così il sottoscritto, non credo proprio che avrebbe il tempo di pentirsene."

Adesso c'era da ridere, e parecchio, ma non era il caso di farlo.

"Chi ci proverebbe mai con voi, compagno Rybakov?" disse uno dei più giovani, allargando le braccia.

Il divertente della storiella sta in questo, che la "gallina", anzi per l'esattezza la "gallina di Bratsk", era lui stesso, proprio Gennadj Gavrilovič in persona, e che Gennadj Gavrilovič era anche l'unico a non saperlo, e non solo al comando ma in tutto l'esercito russo.

Tra soldati il nome delle città veniva usato per tutto il comprensorio. Rybakov non era infatti di Bratsk, ma solo della regione, come tanti altri graduati di stanza nella zona.

"Lo teniamo perché è senza pietà," disse Stalin parlando di lui durante una riunione segreta.

"Ma è un idiota," disse un uomo che si trovava alle sue spalle.

Stalin sorrise, sollevò le sopracciglia, poi soddisfatto senza voltarsi verso l'uomo che aveva parlato si batté le mani sulle cosce.

"Lo teniamo anche perché è un idiota."

Il comandante Rybakov camminava saltellando e pestando i piedi su e giù per l'angusto camminamento di terra battuta tra il carcere, un edificio recente di cemento grezzo che appena costruito puzzava già di muffa, e una vecchia casamatta in attesa dell'ordine di demolizione. Per qualche ragione incomprensibile l'ingresso del carcere era stato posto sul lato della casamatta, verso nord, in un punto dove il sole non batteva mai e dove si potevano registrare le temperature più basse di tutta la regione.

Di media statura, non grasso ma con un po' di pancia, Rybakov aveva una testa piccola e rotonda issata su un collo lungo e nervoso, gli occhi piccoli e molto ravvicinati color castagna e un alto cappello (che andava considerato come una parte del suo corpo), segno dell'alto grado che ricopriva, posato sulla testa quasi calva come una corona, o come una cresta. Tutto questo lo faceva somigliare a una gallina.

Ogni mattina Rybakov passava mezz'ora davanti allo specchio per sistemarsi la barba e i baffi e per controllare che il suo copricapo fosse perfettamente al centro della testa, senza pendere né da una parte né dall'altra, ed era il solo a non sospettare di questa somiglianza, che viceversa risultava evidente a chiunque.

Il direttore del carcere era anche il secondino e l'uomo delle pulizie, per questo non si trovava al suo posto quando Rybakov aveva suonato, così adesso al comandante toccava aspettare.

Per fortuna del direttore, quel giorno Gennadj Gavrilovič era di umore diverso rispetto al solito e non fece caso al ritardo con il quale gli fu aperto.

"Oggi c'è un freddo cane."

"Sissignore."

"Chi mi ha risposto al telefono mezz'ora fa? Era la voce di una donna."

"Irina, signore."

"Ah. Irina chi?"

Irina, alla quale il direttore subappaltava le pulizie, fece la sua comparsa a mezza figura dal gomito del corridoio. Sui settant'anni, bassa e grassa, indossava una vestaglia grigia lunga fino ai piedi e teneva i capelli raccolti con un sudicio fazzoletto un tempo bianco.

La porta d'ingresso si richiuse e l'aria fredda fu subito risucchiata fuori in un breve turbinio di foglie vecchie. Negli uffici faceva un caldo insopportabile, come sempre. Rybakov si infilò un dito tra il collo e il colletto della camicia perché aveva cominciato subito a sudare.

Il direttore era talmente terrorizzato da Rybakov (primo, non gli aveva aperto subito, secondo, aveva subaffittato una mansione che gli competeva, e terzo, teneva troppo alto il riscaldamento) che le parole gli uscivano incomprensibili dalla bocca, così come lo erano nella sua testa. Eppure continuava a parlare, a corrergli innanzi, ad aprire porte facendosi poi subito da parte, fino ad appiattirsi come un pesce rombo, pur sapendo bene che, se la gallina di Bratsk aveva già deciso di mandarlo a morte, lo avrebbe fatto a dispetto di tutte le sue gentilezze.

"Voglio vedere quell'uomo," disse una volta raggiunto l'ufficio che spettava a lui, anche se non ci andava mai.

"Sissignore, subito signore. Quale uomo?"

"Subito. Il prete."

Rybakov passò un dito sulla scrivania dove non sedeva mai nessuno e constatò che non era impolverata.

"Il prete, avete detto, il prete. Certo, ma... ve lo devo condurre qui?"

Rybakov lo guardò con un'aria di profonda pena, come se quegli occhi dicessero: siamo due idioti, amico, non c'è altro da dire.

"Dunque lo volete... qui?"

"No che non lo voglio qui. Portami da lui."

"Fa freddo, signore... ehm... molto freddo."

"Meglio di questa fornace, credimi compagno."

"Voi siete troppo buono signore."

"Mi ci porti o no?"

"Subito signore."

Il direttore del carcere precedette Gennadj Gavrilovič fino a una grande porta d'acciaio blindata dipinta di giallo, da sotto la quale usciva uno spiffero gelato. Oltre la porta si passava a una stanza a tenuta stagna con vetri molto spessi. Un'altra porta, non meno pesante della precedente, gialla anche lei, conduceva al braccio dei carcerati, che era molto più gelato dello spiffero.

In quel corridoio, sul quale si aprivano le celle, non si sentiva alcuna voce, anche se le celle erano piene. Faceva se possibile più freddo che davanti all'ingresso. I piedi scalpicciavano in pozzanghere ghiacciate, sotto le quali permaneva incomprensibilmente dell'acqua non gelata, producendo un'eco simile a quella delle caverne naturali. Finisce che mi prendo un malanno, pensò Rybakov, e a questo pensiero sollevò le spalle come se non gl'importasse poi molto. Stava passando un periodo di stanchezza.

Padre Konstantin, metropolita della città di N., sedeva solitario nell'ultima cella.

Mentre il direttore apriva e il padre non compariva ancora nel suo campo visivo, Rybakov gli fece notare che il vetro della finestra era rotto.

"Sissignore, è rotto."

"Si può sostituire il vetro?"

"Ma compagno Rybakov, col vostro permesso, quel vetro è sempre stato rotto. Quando lo montarono era già rotto."

La serratura produsse l'ultimo scatto e la porta della cella si aprì. Il direttore vi si appiattì contro. Entrato con passo impaziente, Gennadj Gavrilovič fece due o tre passi marziali, poi di colpo si arrestò, si voltò prima dalla parte sbagliata e poi da quella giusta, facendo tre quarti di giro su se stesso. Finalmente vide il padre immerso nella penombra, seduto sul tavolaccio, la testa bassa sul petto, così assorto in preghiera da non accorgersi né del freddo né della presenza di altre persone. Il suo abito leggero aveva lo stesso colore dell'ombra e si confondeva con essa.

Rybakov esitò qualche istante, poi quando stava per parlare si udì la voce del metropolita.

“Sei entrato nella mia cella. Cosa posso fare per te, figlio?”

Padre Konstantin si trovava in carcere, insieme con altri della sua banda, da circa una settimana, per ordine dello stesso Rybakov. Sempre Rybakov, ritenendo superfluo ogni processo legale, aveva deciso e firmato la loro condanna a morte, che sarebbe stata eseguita di lì a qualche giorno. Naturalmente sia il metropolita sia i suoi collaboratori erano stati avvisati. Avevano potuto leggere una copia dell’ordine e riconosciuto dalla firma l’uomo odioso che, senza che avessero fatto nulla di male contro la nazione e contro Stalin, li aveva fatti arrestare, guardandoli uno a uno mentre gli passavano davanti all’uscita dalla grande chiesa di N., dove lui non aveva voluto metter piede.

Gennadj Gavrilovič si volse al direttore, che si trovava nella cella dietro di lui, e alla vecchia, che aveva voluto mettere dentro la testa, e ordinò loro di andarsene, di chiudere le due porte blindate e ritirarsi nella zona degli uffici, perché questo non era affar loro.

Quando udì l’eco lontana della seconda porta blindata, Gennadj Gavrilovič fece qualcosa di inaudito: si mise in ginocchio sul suo ampio cappotto verde che copriva la bella uniforme, e pregò padre Konstantin di ascoltarlo.

“Avete tutti i motivi di cacciarmi via.”

“Non è possibile,” rispose il metropolita. “Non è consentito. Qui vivo la condizione di monaco, capisci figlio? Chiunque varchi la soglia della cella di un monaco è il benvenuto. Così vuole Dio.”

“Padre, non nominate Dio, per favore. La mia anima è così nera che se anche voi perdonaste tutto il male che ho fatto sarebbe ugualmente troppo lontana da Dio. Desidero solo che ascoltiate quello che vi vorrei dire.”

"Ti ascolto, figlio. Non essere turbato."

"Voi sapete che non è in mio potere revocare la condanna?"

"È solo di questo che mi volevi parlare? Non darti pena, ti prego. Come vedi, né io né i miei amici siamo turbati."

"Ma ci cono tante cose che turbano me, padre. Se avrete la bontà..."

"Non è questione di bontà, figlio. Parla, ti ascolto."

Il racconto del carnefice

Nella sua incessante zelantissima ricerca di qualunque forma umana potesse suggerire anche lontanamente, anche per sentito dire, e perfino per errore (poiché si sa che gli errori nascondono sempre una verità), l'idea di una non totale e acritica ed entusiasta adesione al compagno Stalin e alla Rivoluzione, un'ombra soltanto appannava le gloriose giornate del Comandante Gennadj Gavrilovič Rybakov.

Era l'ombra di un sogno ricorrente, che negli ultimi tempi aveva steso i suoi tentacoli anche sulle giornate più splendide.

Questo sogno riguardava la madre di Rybakov, una lituana rossiccia dal fisico statuario di nome Tamara Bardauskiene. Gennadj Gavrilovič non conservava un grande ricordo di questa donna, che aveva abbandonato la famiglia e se n'era tornata in Lituania quando Gennadj aveva tredici anni. Tuttavia in questi sogni la vedeva distintamente. Si trovava con lui nella vecchia casa di Mosca, e per le stanze di questa casa lei girava, nuda, ostentando fieramente un corpo che, per quanto assurdo, si ripresentava uguale in tutti i sogni: femminile ed elegante dai rossi capelli alla cintola, maschile da questa fino ai piedi. Gennadj assisteva con raccapriccio alla fierezza con la quale questa donna esibiva il proprio pene in mezzo a due gambe pelose, sotto un ventre morbido con due seni piccoli e ben fatti, un viso splendido, due occhi celesti e una lunga capigliatura fiammeggiante.

Per mettere fine a questo incubo Rybakov, dopo aver ottenuto un breve periodo di vacanza, aveva deciso di raggiungere sua madre in Lituania. Aveva pensato di ucciderla, ma poi pensò anche che in questo modo non avrebbe ottenuto alcun risultato.

"A me piace uccidere, soprattutto mi piace farlo personalmente," disse al prete, che lo ascoltava. "Uccidere e bere vodka, ecco la mia vita, non c'è nient'altro."

"E poi?"

"Poi non ci andai."

"È una cosa strana," disse il metropolita.

Il racconto continuava.

Qualche giorno dopo la fine di questa sua vacanza lituana non sfruttata, si presentò al comando un uomo alto e robusto, tutto affannato, dicendo di voler denunciare suo fratello per attività antisovietica. Non che pretendesse di essere ammesso alla presenza del Comandante Rybakov: fu lo stesso Rybakov, incuriosito da quello che sentiva da dietro i vetri smerigliati del suo ufficio, a presentarsi nell'altra stanza e a fare la conoscenza di questo valente giovane di nome Nikolaj.

"Tranquillo, compagno," gli fa, "cos'è questa foga? Il tuo zelo è senz'altro lodevole, ma cerca di non soffocare: da morto non saresti certo molto utile al compagno Stalin."

Tutti i presenti naturalmente risero a crepapelle per questa felice uscita del Comandante Rybakov, che sorrise a sua volta, molto soddisfatto.

Finite le risate il Comandante invitò il giovanotto nel proprio ufficio.

"Mettiti sull'attenti," gli ordinò, sedendo alla scrivania.

Lo guardò da capo a piedi una, due, tre volte. Non doveva passarsela molto bene, pensò: gli scarponi erano da buttare e il cappotto era pieno di strappi. Ma il viso era aperto, leale, e questo piaceva al Comandante, che tuttavia conosceva bene anche le insidie della lealtà. Gli uomini troppo leali non si possono comprare, diceva spesso Stalin, e come aveva ragione. Un apparatčik suo vecchio compagno di università, esperto in Scienza della Società, aveva elaborato l'interessante teoria della Corruttibilità Moderata come tratto fondamentale dell'*homo sovieticus*, perché non è all'idea che la Rivoluzione chiede fedeltà: ma alla *linea*.

"Parlami di tuo fratello."

Disse che suo fratello Sergej era l'assassino della guardia uccisa alcune notti prima, proprio lì, a N., sulla via del porto.

"N. ha il porto più bello di tutto il paese, sei d'accordo?"

"Naturalmente, eccellenza."

"E dove metti Leningrado, allora?"

"Anche Leningrado, eccellenza..."

"Il compagno Stalin però dice che Odessa..."

"Oh, certo eccellenza..."

"Vai avanti."

Nikolaj dichiarò che la ragione per cui suo fratello aveva ucciso a coltellate la guardia era questa, che quella guardia lo aveva riconosciuto da una canzone che Sergej stava cantando a squarciagola. Non che fosse una canzone controrivoluzionaria, visto che si trattava di *Kalin'ka*, ma fu il modo di cantarla a destare sospetti: come se quel ragazzo ubriaco stonasse a bella posta. "Mio fratello," disse Nikolaj, "capì che, in poche battute, quella guardia sagace avrebbe scoperto tutto, così decise di colpirlo a tradimento.

"Voi potete immaginare il mio dolore, la mia umiliazione."

"Siamo d'accordo, compagno. Vai avanti."

Da qualche mese Sergej faceva parte di una cellula sediziosa, alle cui riunioni aveva invitato anche lui. Si incontravano ogni volta in una casa diversa. "Io," disse Nikolaj, "gli ho fatto credere di avere aderito e ho partecipato a quasi tutti i loro incontri." Disse che tra i membri del gruppo si contavano alcune persone insospettabili.

Gennadj Gavrilovič annuì alla parola "insospettabili". Nella sua testa si stava disegnando un quadro.

"Uno di loro specialmente aveva molta autorità," continuò Nikolaj, "anche se non presenziava alle riunioni se non di rado, mentre per il resto era un altro del gruppo a tenere i contatti con lui e poi riferiva al gruppo i colloqui avuti. Non esistono documenti scritti della loro attività: tutto veniva mandato a memoria."

Rybakov chiese al giovanotto come pensava di introdurlo in quell'ambiente senza destare sospetti. Nikolaj rispose che non ci si poteva certo fidare di Sergej, però una giovane donna, che un tempo aveva avuto una relazione con uno del gruppo, e che faceva lei stessa parte del gruppo, adesso era diventata la sua amante: proprio la settimana successiva l'uomo importante avrebbe dato nella propria casa un ricevimento al quale, confusi in mezzo agli altri invitati, sarebbero stati presenti anche quelli del gruppo.

A Gennadj Gavrilovič non andò giù l'idea suggeritagli dal giovanotto, che fosse lui stesso a partecipare al ricevimento.

"Tu," disse, "comincia a fare il nome del pezzo grosso, che al ricevimento ci penseremo poi."

Quando però Nikolaj fece il nome, Rybakov scoppiò a ridere e disse al giovanotto che questa burla gli sarebbe costata cara. L'uomo potente che a suo parere manovrava la macchina eversiva era, se lo sciocco non lo sapeva, uno dei più ardenti rivoluzionari di tutta la Russia, amico personale del compagno Stalin nonché editore del medesimo. Evidentemente, qualche nemico del popolo aveva messo in giro questa voce per produrre confusione e lo sciocco ci era cascato.

Nikolaj sapeva che queste parole significavano una condanna a morte certa, questo tuttavia non lo autorizzava a uscire dal gioco. Se, del resto, pensò Rybakov, questo ricevimento avrebbe avuto luogo davvero e non era una fantasia del giovanotto, ebbene, il giovanotto ci sarebbe andato rendendo così il suo (ultimo) servizio al popolo che si era permesso di insultare con i suoi vaneggiamenti. Gennadj Gavrilovič avrebbe potuto valutare, dalla lista dei presenti al ricevimento, il grado di colpevolezza di questo ragazzotto – un'attività peraltro oziosa, visto che qualsiasi grado di colpevolezza, anche il più lieve, avrebbe condotto alla stessa sentenza di condanna.

Il ricevimento in effetti ebbe luogo e Nikolaj, che dovette addurre la scusa di un leggero stato febbrile per giustificare il proprio pallore, prese i nomi di tutti i presenti, compreso quello di suo fratello. Tutti costoro sarebbero morti.

Rybakov, parlando di quel momento al cospetto del metropolita, si domandò quale speranza potesse muovere le azioni del giovanotto in quelle ore, ma non trovava risposta, e il metropolita taceva.

La moglie del personaggio famoso offrì vodka e *blinj*, furono letti dei versi, cosa che già da sola valeva l'incriminazione, anche se i versi erano di Puškin e di Majakovskij, ma quando seppe che il personaggio famoso non era presente a causa di un improvviso impegno di lavoro e si stava recando proprio a quell'ora alla stazione ferroviaria, Nikolaj disse di avere bevuto troppo e che avrebbe fatto volentieri due passi. Come uscì sulla strada, quattro soldati armati salirono nell'appartamento. Rybakov non era salito e attendeva sotto.

Gennadj Gavrilovič prese con sé il ragazzo e un soldato di fiducia e partirono verso la stazione. Mancava più di un'ora alla partenza del treno. Disse che non era il caso di presentarsi in uniforme. Passarono perciò dall'abitazione di Rybakov, dove lui e il soldato indossarono abiti borghesi molto scuri, adatti alle cerimonie. Ma il soldato era molto più alto e magro di Rybakov, e così il suo abbigliamento risultò assai ridicolo, se qualcuno avesse avuto voglia di ridere.

Tutta questa scena si svolse con estrema rapidità. I tre raggiunsero il treno in tempo per vedere il personaggio famoso salire sulla seconda carrozza in compagnia di due ragazze. Saliti anche loro, si disposero uno (Nikolaj) in compagnia di alcuni coetanei rumorosi, lui e il suo assistente spilungone in fondo alla carrozza, dove non c'era nessuno.

Nella carrozza sedevano inoltre una famigliola – padre, madre e due bambini maschi, di cui un neonato – e due ragazze, che si capì poco dopo essere una la segretaria personale del personaggio famoso, nonché scrittrice, l'altra l'amica di lei, o per meglio dire la sua amante. Le due giovani donne sedevano in disparte, a due sedili di distanza dal personaggio famoso, che tolto un libro dalla borsa si era messo a leggere tranquillamente.

Anche i giovani con cui si trovava Nikolaj appartenevano al gruppo di controrivoluzionari: lo comprese lo stesso Nikolaj da alcuni accenni velati, segno che il terrore aveva acuito la sua debole intelligenza.

Furono le parole di quei ragazzi imprudenti a condannare a morte il personaggio famoso. Perfino un uomo sanguinario come Rybakov, infatti, non avrebbe mosso un dito senza un minimo di certezza, e questo anche se sapeva bene che il titolo di "amico personale del compagno Stalin" non aveva alcun valore e non avrebbe salvato il soggetto da morte certa sia pure solo in base al sospetto dell'ultimo dei soldati.

In ogni caso, Nikolaj seppe dalle parole dei ragazzi che il personaggio famoso stava cercando di raggiungere Vienna. Se ha mandato a morte tante persone, disse un giovanotto, è stato per salvarne molte di più: perciò il suo valore si comprende sottraendo il numero di morti da quello dei salvati.

Inutile dire che la protagonista, in questa conversazione, era la vodka. Il personaggio famoso aveva proibito loro di farne uso, senza calcolare che contro la paura è stato prodotto dall'umanità un solo antidoto efficace, che è appunto la vodka.

"Il primo a morire," raccontò Rybakov a padre Konstantin, "fu uno dei ragazzi, che ubriaco fradicio venne dove sedevamo noi e si prese gioco dei calzoni troppo corti del mio assistente. Io uccisi personalmente le due luride ragazze e la famigliola, la cui unica colpa fu quella di trovarsi lì. Alla stazione di Mosca vennero ad arrestare il compagno traditore. Infine Nikolaj si presentò a me mentre ancora il treno sbuffava. Gli leggevo negli occhi la luce immonda della speranza, la bestiale speranza nemmeno lui sapeva di cosa, forse di una ricompensa, forse di poter vivere ancora, magari in prigione e non più nella sua casa, o qualunque altra cosa, visto che alla fine aveva ragione lui, ma comunque vivere, vivere, ma cos'è mai vivere? se l'era mai domandato?"

"Era troppo stupido," concluse Gennadj Gavrilovič, "per capire che una condanna a morte non può essere revocata mai. Lo uccisi lì, sul marciapiede, con un colpo in mezzo alla fronte.

"Mentre ancora guardavo quella bocca dalla quale la morte non aveva saputo cancellare la speranza (perché mai la morte spegne gli occhi ma non la bocca?), un soldato mi informò che il ragazzino più grande della famigliola uccisa non era morto e nemmeno ferito. Si era finto morto e adesso era fuggito. 'Morirà da solo in giro per Mosca,' risposi: per quella notte era previsto un freddo eccezionale, e il freddo è sempre stato un buon alleato del popolo sovietico. Non so perché dissi queste parole. L'anima russa è grande e questa immensa nazione ubriaca può sempre dare un letto a chiunque. Io e voi, pare, lo sappiamo, perché questa nazione è il nostro comune lavoro. Né io né voi, padre, potremo mai dominare del tutto la sua anima, che accoglie i fuggiaschi ma sa morire per la gloria del compagno Stalin.

"Io non mi pento di avere mandato a morte o di avere ucciso tutta quella gente. Ne ho uccisi tanti altri, e non sono pentito nemmeno di quelli. E nemmeno di voi, padre Konstantin. Un giorno qualcuno ucciderà me e non se ne pentirà: il socialismo ha sconfitto il pentimento una volta per tutte.

"A me, padre, non dispiace uccidere, anzi vi ripeto che mi piace. Come vi ho detto, io so uccidere e bere vodka, e questo è tutto. Ripenso però a quello stupido Nikolaj, che ho freddato sul marciapiede della stazione, e mi domando una cosa: la mia vita se ne va, tutta piena di vodka, e io non so che vita è. Domani voi morirete, padre, e qui davanti a voi c'è l'uomo che ha firmato la vostra condanna. Io sono niente, padre: zero. Spazzatura. E ho anche l'autista, e passo le vacanze a Yalta. Il socialismo ha ucciso in me il sentimento del bene e del male, la colpa, il pentimento e tutte queste carabattole inventate da voi preti per governare gli uomini riempiendoli di illusioni. Ma una cosa non è riuscito a uccidere. È, non so se voi mi potete comprendere, una forza oscura, senza nome, che toglie qualunque soddisfazione. La soddisfazione è, immagino, quella cosa che ci fa sentire al posto giusto. Io non l'ho mai provata. Alla stazione guardavo con indifferenza i soldati che trasportavano i cadaveri, vidi l'amico di Stalin riporre gli occhiali e il libro e seguire senza fretta i soldati. Era certo che tutto si sarebbe risolto? Nessuno lo saprà mai, visto che fu ucciso mentre ancora lo trasportavano verso la prigione. Vidi i corpi delle due ragazze deposti sui marciapiedi, dentro i loro abiti che adesso mi sembravano troppo grandi. Nemmeno il cadavere del bambino destò in me alcun sentimento. Potevo essere soddisfatto e non lo ero. Il socialismo è nato con la promessa di dare a ciascun uomo il proprio posto, ma per quanto mi riguarda non l'ha mantenuta, se non con la vodka.

"Io l'altro giorno ho visto nei vostri occhi qualcosa che non saprei dire. Anche in qualcuno dei vostri amici. Vi ho sentiti cantare. Odio quelle parole, ma nella vostra voce c'era qualcosa di invincibile.

"È stato in quel momento," concluse Gennadj Gavrilovič, "che ho pensato al giovane delatore Nikolaj."

A queste parole il metropolita sollevò per la prima volta lo sguardo, e Rybakov vide che, sotto la barba, si nascondeva un viso ancora giovane, il viso di un uomo che da sempre sapeva di non avere il tempo di invecchiare, come era accaduto alla generazione dei nonni.

"Devo pensare," rispose. "Se mi lasci questa notte e mi concedi di dire, domattina, l'ultima messa, cercherò di raccogliere poche parole per te, ma ho bisogno di preparare il mio cuore. Puoi fare questo per me e per i miei amici? Sarebbe un dono bellissimo."

Nessuno, in tanti anni, si era mai rivolto alla gallina di Bratsk con questo tono. Fu come se una finestra si spalancasse all'improvviso in un punto dove c'era stato soltanto un muro spesso e impenetrabile. Il metropolita era stato così gentile da non nominare mai Dio, Gesù Cristo, la Madonna o qualcuno di quegli arcangeli che secondo questa gente svolazza tra le nuvole e la terra sicuramente con qualche problema di tenuta e di assetto di volo.

No, niente di tutto questo. Del resto non erano state le parole a colpirlo così profondamente, ma piuttosto la voce: la voce di un uomo, così disse tra sé Gennadj Gavrilovič, persuaso di avere davanti a sé non qualche ora ma secoli, millenni.

Il Comandante Gennadj Gavrilovič Rybakov sapeva bene che la sua decisione avrebbe avuto alcune conseguenze, ma non se ne preoccupò, e concesse al metropolita di dire messa l'indomani, alle sette del mattino, dentro la cella: a patto che fosse breve.

Le parole del metropolita

Durante il racconto del carnefice, padre Konstantin vedeva passare davanti a sé le immagini di alcuni personaggi dei Vangeli, da Giovanni il Battista a Nicodemo, da Simone di Giovanni (che poi sarebbe diventato Pietro) al pubblicano Zaccheo, da Matteo il gabelliere al centurione romano. Soprattutto Nicodemo e il centurione passavano e ripassavano senza sosta davanti alla sua mente debilitata dal digiuno e dalla fatica.

Tutti costoro, ma soprattutto, appunto, Nicodemo e il centurione, avevano qualcosa di simile all'uomo che, chino davanti a lui, gli raccontava le proprie malefatte. Come chiamare questo qualcosa?

Smarrimento, ecco. Forse la parola era questa.

Il centurione si rivolse a Gesù pieno di smarrimento, non sapeva se stesse facendo bene o male. Era un uomo dalla mente semplice, e adesso che il suo servo era in pericolo di vita non sapeva più cosa fare. Non pensava nemmeno lui di avere tanto caro un servitore. L'impero di Roma era grande, ma non abbastanza da produrre la fiducia che un uomo può riporre in un altro uomo. Ora che quel servo buono e fedele stava morendo, lui era smarrito.

Anche Nicodemo era un uomo smarrito. Pur essendo un capo religioso, una notte di nascosto raggiunse Gesù. Si sentiva vecchio, sentiva le forze venir meno, e gli onori alla sinagoga non erano sufficienti a placare la sua angoscia. Così, anche se il giorno dopo sarebbe tornato alle sue occupazioni, quella notte volle andare da solo, senza testimoni, da quell'uomo.

Ed è così di Pietro, della Samaritana, di Marta e di Maria, di Zaccheo: tutte persone che avevano detto addio a qualunque progetto sulla vita. Per Pietro, poi, il progetto era Gesù stesso. Gesù, con la forza della verità, era destinato a sconfiggere tutti i nemici, a cominciare dai farisei su su, fino ai romani. Ma poi Giuda lo tradì e fu per lui un'umiliazione spaventosa. Che fare, rimettersi a pescare come se nulla fosse stato?

Uomini finiti, uomini che nulla avevano più da chiedere. Falliti. Fu così che Gesù li incontrò e li salvò.

Oggi Dio, pensò, mi ha fatto un dono immenso permettendo che il piccolo Gennadj Gavrilovič mi facesse arrestare e poi condannare a morte affinché io potessi prestare ascolto al suo fallimento.

Uccidere e bere vodka... Ripensando a queste parole sconsolate, padre Konstantin lasciò cadere una lacrima. Tra i due, era sicuramente lui l'uomo fortunato, l'uomo privilegiato. Lui si trovava esattamente là dove si doveva trovare: non era questo un grande privilegio? Perciò era giusto pregare tutta la notte per quell'uomo, senza stancarsi. L'indomani avrebbe potuto riposare, sì: avrebbe riposato.

Padre Konstantin era un uomo sui quarant'anni piccolo e minuto, con una lunga barba dove il biondo giovanile e il bianco precoce si confondevano. I suoi occhi vispi si muovevano a scatti. Non avendo permesso al sacerdote di portare con sé "né vestiti né bicchieri", Rybakov mandò qualcuno a procurarglieli. Abito, cotta e copricapo dovevano appartenere a un uomo corpulento e il metropolita quasi vi scompariva. La massa dei corpi che quella mattina gremivano la cella era tale che il loro calore sembrava respingere il freddo ai margini di quello spazio. Dai muri di cemento un rigagnolo colava lungo il morbido letto verde che si era costruito in pochi anni di paziente lavoro. I polmoni inspiravano aria già espirata che, unita all'odore della pelle e a quello della muffa, appariva quasi salata. Rybakov stava in piedi nel suo bel cappotto in mezzo a tutte quelle persone che presto sarebbero morte. C'era anche la vecchia alla quale il direttore del carcere subaffittava la messa in ordine dei locali adibiti a ufficio: se ne stava avvolta in un mantello grigio e sotto il mantello stringeva un piccolo crocefisso di legno dorato.

Il discorso del metropolita fu breve e consistette quasi per intero in una lunga citazione a memoria dai Sacri Discorsi di un certo padre Afanasij, un nome che a Gennadj Gavrilovič suonò familiare.

"Tutto," diceva l'ultima parte di questa citazione, "ha un senso, un significato e uno scopo. Non riesco a concepire la possibilità che su questa terra esistano persone inutili. Non esiste uomo, ne sono certo, che almeno una volta nella vita non abbia servito qualcuno. Ora, io dico: se ha servito anche soltanto quella volta, bene: è per quest'opera buona che la vita gli fu data. E se qualcuno in tutta la sua vita non ha offerto nemmeno un bicchier d'acqua, non c'è dubbio che prima o poi qualcuno l'avrà offerto a lui! In questo caso, che reputo molto raro, diremo che il senso e l'utilità di quella vita è tutta nel fatto che un altro ha potuto fare del bene grazie a lui.

"La memoria di coloro che sono morti," continuò il metropolita Konstantin, "in qualche modo sopravviverà. Certo ne terrà conto Dio Padre, specialmente nell'ultimo giorno, ma anche su questa terra non tutto verrà disperso. La fantasia degli artisti e dei poeti non saprà mai creare qualcosa di arbitrario, i pensieri che questi uomini fortunati esprimeranno saranno già sempre stati pensati da qualche oscuro, sfortunato abitante della terra, così come nessuna vita può essere così immaginaria o perfino assurda da non essere stata già vissuta da qualche oscuro, sì, oscuro abitante della terra. Queste vite assumeranno nuovi abiti, nuove barbe, nuovi occhi, nuove condizioni, nuove abitudini, nuove ideologie, ma chi vorrà guardare in profondità le saprà riconoscere sempre, qualunque forma abbiano assunto."

Padre Konstantin concluse dicendo che tutto il sangue versato sarebbe stato raccolto dagli angeli di Dio per vivificare con esso il Suo popolo, ma Rybakov, che aveva ascoltato con grande sconcerto le parole precedenti, giunto agli angeli e al sangue versato smise di ascoltare, preferendo concentrarsi sulla paura che gli era nata nella testa a causa di quei discorsi.

Non possedendo alcuna propensione a riflettere su cose come l'aldilà, il paradiso, gli angeli e nemmeno su Dio e Gesù Cristo, Gennadj Gavrilovič immaginò che in quelle parole si nascondesse una minaccia per la sua persona. Cosa sarebbe successo se tutta quella gente – tutti amici del metropolita – a un segnale convenuto gli fossero saltati addosso? I quattro soldati di guardia alla porta non avrebbero certo fatto in tempo a salvarlo, visto oltretutto che lui non si trovava esattamente in fondo alla stanza, dove avrebbe patito di più il freddo.

Apoteosi del Comandante Rybakov

Che sprovveduto sono stato! diceva tra sé, pieno di disappunto. Per un istante pensò di estrarre la pistola e uccidere il metropolita, che si trovava a non più di un metro da lui. Ma la paura che gli era nata oltrepassava il semplice timore di essere ucciso. Per la prima volta nella vita qualcosa in lui si liberava, permettendogli di comprendere le forme infinite della paura.

Preso da un'idea improvvisa, pazza, mentre ancora padre Konstantin parlava si fece largo verso l'uscita e disse ai due soldati più vicini alla porta della cella di farlo passare. Una serratura scattò, si sentì un cigolare di cardini, poi dei passi che si allontanavano. Il metropolita, assorto nei suoi discorsi, non si rese conto di nulla e continuò a parlare senza interrompersi mai, senza nemmeno volgere la testa o gli occhi in altra direzione che non fosse il Vangelo che gli stava davanti.

Poco dopo una voce prepotente interruppe di colpo la predica di padre Konstantin.

"Padre!"

Si produsse un improvviso silenzio. Tutti meno padre Konstantin si volsero in direzione della porta della cella, da dove era giunta quella voce, e videro Rybakov con un bicchier d'acqua in mano. Dietro, sulla soglia, il direttore del carcere spiava tremando per il disordine di cui poi avrebbe dovuto render conto, mentre la donna delle pulizie stringeva in grembo, tormentandolo, il suo piccolo crocefisso dorato.

"Padre! Dopo tanto parlare avrai sete! Prendi, dunque, e bevi!"

La gente si spostò accalcandosi contro i muri bagnati e odorosi di muschio e muffa per far passare Gennadj Gavrilovič, il quale, giunto al cospetto del metropolita, ovviamente senza inginocchiarsi né baciargli la mano, gli porse il bicchiere.

"E adesso, *požalujsta*, bevi. Per favore, per favore!"

Il metropolita prese il bicchiere e, dopo averlo guardato allo stesso modo in cui per mezz'ora aveva guardato il Vangelo, lo bevve solennemente. Poi restituì il bicchiere al suo carnefice, guardandolo fisso negli occhi per un breve istante.

Al termine della funzione Gennadj Gavrilovič uscì dalla cella e, preceduto dal direttore del carcere, passò nuovamente le due porte e fece ritorno nella torrida zona degli uffici. I piedi, quasi congelati, battevano da soli contro il pavimento come padroni che ordinano al cane di compiere un'azione abituale, che il cane però non ha voglia di compiere, e l'eco del battito si moltiplicava attraversando il lungo corridoio semioscuro e le stanze vuote. Dietro di loro zampettava Irina, silenziosa per il terrore.

Il direttore del carcere, ossequioso come sempre, precedette Rybakov all'uscita.

Nel passaggio tra il carcere e la casamatta c'era un soldato che fumava tranquillamente. Teneva il colbacco calcato sulle orecchie, il bavero sollevato fino al mento e reggeva la sigaretta con un guanto di pelle spessa color grigio. All'avvicinarsi dei due uomini non sollevò nemmeno il capo. Non gettò la sigaretta a terra, non la calpestò, non si mise sull'attenti, anzi non smise nemmeno di fumare.

Quando Rybakov e il direttore furono a pochi metri da lui, il soldato alzò la testa.

"Abbiamo ordini da Mosca," disse togliendosi con la sinistra la sigaretta, senza mostrare il minimo ossequio e senza pronunciare una di quelle frasi che collocavano automaticamente i due interlocutori al giusto posto nella scala gerarchica.

Rybakov comprese di non trovarsi più in alcuna scala gerarchica.

Il soldato sollevò con calma la sua pistola. Uccise per primo il direttore del carcere, dicendo che in questo modo avrebbe imparato che subaffittare una mansione affidatagli dal popolo costituiva un crimine contro tutto il popolo. Rybakov avrebbe potuto prendere dalla tasca la propria pistola ma non lo fece, sarebbe stato inutile: vide lo sciocco direttore cadere a terra e provò pena per la sua stupidità, mentre lui per qualche strana ragione adesso si sentiva più intelligente di quanto non fosse mai stato.

Due colpi furono sparati a bruciapelo. In lontananza, alcuni soldati impegnati in un'esercitazione udirono i colpi e qualcuno si sarebbe anche voltato a guardare se la voce perentoria di un tenente molto crudele, il russo-tedesco Leonid Biedermann, non li avesse richiamati immediatamente all'ordine.

Biedermann fu molto contento che la gallina di Bratsk, il cui corpo insanguinato giaceva lungo il muro della casamatta, avesse finalmente smesso di respirare.

Guardò il soldato allontanarsi con calma per finire di fumare la sua sigaretta. Era un soldato semplice, non un graduato, uno qualunque, forse gli avrebbero dato una promozione, ma non era detto.

Bene, pensò Biedermann, mentre sorvegliava i suoi soldati affannati nella corsa, per me dovrebbero finalmente cominciare giorni migliori. Più licenze, più vodka.

Finito di stampare
nel mese di novembre 2021
presso
Puntoweb s.r.l.
Via Variante di Cancelliera, snc - Ariccia (RM)

Printed in Italy